旅の誘い
大佛次郎随筆集

osaragi jirō
大佛次郎

講談社 文芸文庫

目次

旅の誘《いざな》い

大佛次郎随筆集

I

屋根の花

横須賀線で上京する途中、戸塚のトンネルの手前で農家のカヤぶき屋根の一部に、白いユリの花がいくつも咲いているのが目をひいていた。短い季節の間だけのものだが、珍しいながめなので、花が過ぎると一年中忘れてしまっても、また咲くころがくると、ああことしも咲いていると急に思い出してなつかしんだ。前の日曜日に、気がついてながめたが、ことしは早くも花が老《ふ》けたようである。

屋根が腐って来たので、そのユリを咲かせるのもことし限りで、主人も屋根をトタンに直す決心になった、と伝えられる。惜しいことであるが、これは、どうも仕方がない。カヤぶきにしても屋根が新しかったら、ユリの根はつくまい。

もう大正時代になるが、保土ケ谷の昔の東海道筋をはさんだ農家が、カヤぶき屋根のむねに、どこでもイチハツを植えてあって、季節が来ると花が咲いた。アヤメがあったように私は思うのだが、それは記憶違いとして、イチハツは、どの屋根でも薄いふじ色がかった白い花を咲かせた。

　実は私にそれを車窓から教えてくれたのは、なくなった有島武郎氏であった。そのころ、有島さんは「或る女」を書くので円覚寺のどこかの塔頭にこもっていられた。単行本で出すので、後編の何百枚かの原稿を来客の多い東京の家から離れて専心執筆中だったので、私とたまたま電車で一緒になった。思い出して有島さんの人柄に敬服することの一つは、いつも三等に乗っていられたことだ。

　学生時代に私は有島さんがホイットマンの詩を読んでくださる会に、友人とよく通った。そのせいで、駅で会って汽車も向い合って乗って行くこととなった。

　保土ケ谷に来ると、有島さんは、民家の屋根に咲くイチハツの花を指さして、

「美しいことですね」

　といった。

　もとより花の美しさよりも、屋上に花を咲かせる人の営みの美しさをいったのである。私はまだ、花などに気がつく年齢でなかったし、なるほど、と思っただけである。その後、二、三年で有島さんはなくなった。私は鎌倉に住み東京に通った。保土ケ谷を通って、あすこのカヤぶきの民家の一群を見るごとに、屋根のむねに花はなくとも青々としたイチハツの葉の色をながめ、有島さんのことを思い出した。すると、いつのころからか、あのへんの屋上のイチハツが影を消し、屋根のむねにはカワラやトタン板がかぶせられて赤くさびることになって、やがて、どの家にも見なくなった。イチハツを屋根のむねに植

えたのは、父祖のしたことだったのだろうが、枯れてしまったか虫でもわくので、若い当主はべつに育てようともせず、トタンをかぶせてしまったのだろう。

世間にこれに似たことは、いくらでもある。よそから見ていると勝手なことをいうが、その家に住んでいる方は、屋上に土を置いてイチハツの花が咲くようにしていると、屋根が腐るとか、何か不便で困ることがあるのだろう。保土ケ谷は東海道五十三次の宿場である。昔の旅びとが駅路を通りながら屋根の上のイチハツの花に心をとめて行ったかも知れないのだが、その風情は、私の記憶では昭和の始めごろから失くなっている。震災時の経験から屋上に土を置くのをきらったのだろうか？

花はなくなっても私は保土ケ谷を電車で通る時に、あすこに残るカヤぶき屋根をなつかしくながめ、有島さんの温和な顔を思い起こす。私はいまも、有島さんの「或る女」を大正時代の日本文学の傑作だし、有島さんの作品のなかでも第一のものだと信じている。その力作を書いていた時分の有島さんだったと、とくに感慨深く思うのである。それにしても人間が自分がしていると知らずにしていることでも、よいこと、美しいことだったら、だれかが見てくれているのだといえるのなら、うれしいことではないか？　戸塚の農家の屋根のユリの花も忘れないで置こう。

（昭和三十四年七月）

太郎冠者

白玉ツバキ、光悦ツバキと花が終わって、今は「太郎冠者」の花が咲いている。ふしぎな名をつけたものだと思うが、薄桃色した一重の筒形の花を見ていると、狂言や踊りに出てくる太郎冠者の、とぼけてのどかなおかしみがなくもない。古い茶わんなどに、「乙御前」とか「雨雲」とか「大黒」「太郎坊」「沙鷗」などと昔のひとは、いかにもその形や色にぴたりとした名をつけているのに感心する。熊坂という紅《あか》く大輪のツバキもあった。能舞台の盗賊の熊坂の紅い大きな面に似通うからであろう。「大神楽」というのもあった。ぱっと派手でにぎやかな花だからであろう。ツバキの花ひとつに、人間がかくも心を入れて見ている。

なくなった外村繁の『阿佐ヶ谷日記』という本が出た。外村君は夫婦とも不治のガンをわずらって、昨年相前後して死んだ。間もなく死ぬものと承知して書きつづった日記であるが、静かなので心を打つ。覚悟などと大げさなものでない。何事もまかせ切って普通でいるのである。夫婦ともに病気が徐々に進行して行くのだから、いたわり合って、ほんとうの道連れである。真実の道行《みちゆき》はこちらの方のようである。日記には、さすがに小鳥のこと、庭の季節の花のこと、自然のことが多い。やがて別れて行くものなので、自分の周囲の事物に愛着が寄せられ、無関心で過ごせなかったのだろう。一日、命がのびれば一日の命の悦びがある。そうなれば、自分の身のまわりにあることが、仇やおろそかにはできず大切である。死ぬときまってにわかに、生きることを知ったのである。

坊主の言い分のように成るが、だれだって死ぬと定まっているものなのに、生きるとは激しいもので、だれもそう考えてない。病気になって、時に死をのぞき見ることができても、なおればけろりと忘れる。結構なものである。しかし、それでいて、生きているらしく生きているかというと、ただ夢中で、同じことを繰り返して一日一日を消して行く。飯を食う。電車で押される。仕事の机に向かって忙しくするか怠けて、昨日も今日も同じに終わって、また電車で押されて帰って来る。おでん屋かバーで一杯やって、ちょっといい気持ちになるか、まっすぐに家へ帰ってチャブ台の前にすわるかの違いである。何かしているようで実は、繰り返しているだけで何もしてないのである。これが、生活である。

それで、停年になり老人になり、死ぬ。生きてきたわけだが、生きていたともいえない。外村君の死ぬと知ってからの一年半年とくらべて、生きる悦びを味わう深さにおいて、自分の方が上だといい得るひとはすくなかろう。いつかも書いたが、夜の道を歩いていて自分の頭の上に美しい星空があることを人は見ない。冬の道ばたに草が青くなって行くのを顧みようとしない。ただ通って行くのである。電車かバスと同じように目的だけに向かって歩く器械に成っているので、人間ではない。いつか電車の中で、川端（康成）君が何か病気を持ってる方が仕事はできますねといって、微笑した。仕事の性質にもよろうが、そのことは確かにある。

ツバキの花がこれからだんだんとさかりだが、毎朝霜が降りて、つぼみのうちに痛められるので、袋でもかぶせようかと言ったら、植木屋の親方がこのままの方が木のためだと言った。花びらが霜焼けして、茶色になるのがかわいそうである。江ノ島のツバキ園の花など、どうだろうか？　そのうち、見に行こうと考えている。それでも、ある時、美しい茶色のものを庭に見つけて注意したら、すっかり末枯れたツバキの花が黄いろくなって枝に残っているのだった。美しく見えることもあるのだなと感心し、人間の老人が若い者などよりきれいに見える瞬間もあるのを思い出して、しぼんだ花にも人が気がつかない美しさがあるのかも知れぬと思った。美を、さかりの時だけに限って見ておく理由もない。紅や白や紫だけが美しいのでなく、冬の雑木の色もまたながめて倦きぬものがある。花だけが美しいのではない。自分が気がつかぬ新しいものを発見して行くことを心がけて忘れまい。

（昭和三十七年一月）

正月休み

正月休みの人出をはばかって、なるべく人が行きそうもない寺をひろって歩いた。薬師寺、唐招提寺に行かず、西大寺、菅原寺、秋篠寺、それに美しい観音像を思うと法華寺だけは素通りできなかった。

正月四日、よく晴れたが、寺の建て物の中にはいると、どこも冷え冷えとしている。西大寺では綿を入れてちゃんちゃんこを着た案内人の老人が古い仏像の前を順に連れて歩いてくれ、

「この方は文殊菩薩様でございます」

と言った調子で、いちいちことば短く説明というより紹介してくれるのがまことに親切で、いい感じである。京都あたりのはやる寺で、マイクロフォンを使って、アルバイトの仏教学生が、があがあどなってるのと違って、ひと昔前の寺へ行ったようである。

奈良ホテルで食事し、戒壇院だけは寄ろうと決めた。私は、あすこの四天王像が好きである。古代ギリシャの最盛時の彫刻に劣らぬものと信じている。正面の高い石段を登る。

人影がない。風害で大きいマツの木が少なくなったが、土塀にツタの茎だけ綱のように残り、落ち葉が道に吹きだまりを作っている。境内は、ほうきできれいにはいてあったが、戒壇院の入り口はとびらをとざし、錠をおろしてある。正月で休みかなとちょっと落胆したが、同行の若い友人が庫裏に頼みに行く。

入り口の障子をあけ、

「拝観をお願いしたいのですが」

と、申し入れている声が、遠くまでよく聞こえるのもあたりが静かなせいである。

もどってきて知らせてくれる。

「いいそうです。いま、あけてくれます」

昔だったらそれこそ南都の僧兵だったろうと思われるたくましい僧が、白い下着に黒い法衣を着て、木札のついた大きなかぎをさげて出てきた。音をさせて、錠をはずし、庭に入れてくれる。私たちは堂内が暗かろうと思って、ホテルから出ると懐中電灯を買って用意してあった。

戒壇に登って、もはや親しい広目天の像の前に立って照らしていると、僧は、がらがらと音を立てて戸をあけ、外光を入れてくれた。一ヵ所だけをあけてくれるのかと思うと、順に四方の戸をいっぱいにあけてくれたので、薄暗かった堂内は明るくなり、壇のすみずみに立っている四天王像が冬の逆光の中に生きた人体のように厚味を示して立って見えた。像の前側、顔も紋様もおぼろげに明るくなった。広い堂内に、四つの像だけが分かれてあるのが、そのあり方が重みをもって強く感じられた。いつ見ても、この四天王はどれも見事である。踏みしめられている天邪鬼が、また見あきず、面白い。もしもこの一匹が逃げて、どこか外の往来にまごついていたら、私はためらうことなく連れて帰って、家で養ってやりたくなるだろう。どれも、そう悪いことをしそうもない。大きさも手ごろで、邪魔にはならぬ。四方の戸を私たちだけのために、あけてくれた僧に礼を言って別れた。

浄瑠璃寺まで行くと、さらに、人を見ず、寒林に囲まれた大気は、たたくと音がしそうであった。池には薄氷がうかんでいた。着ぶくれた坊さんがこどもを抱いて出てきて、私たちがいる間、九体仏の前に置いたたたみに、こどもをひざに抱いてすわって、せきをしながら、待ってくれたのが気になった。塔を見ている間に、冷たい時雨となった。そこから木津に出て、薪の一休寺をさがして行く間に、雨は本降りとなった。一休寺から八幡、淀へ出る間に、フロントグラスに、みぞれが当たるようになった。

あくる朝は、晴れている。詩仙堂、円通寺、高山寺と、いつもまわる寺々なので、御年始だなと笑う。高山寺は昨日の雪が残り、カエデの枝に樹氷となって玉をつらねている。それから、嵯峨の大覚寺の寝殿の障子の腰板に光琳が描いたかわいらしい野ウサギの絵を、卯の年だからと言い、見にまわった。

これで、私の正月休みは、おしまいである。次の日の特急で、帰宅した。「貧乏性だ。

休みといっても僕のはいそがしいな」と、家の者に言って笑った。欲ばりなのだろう。
（昭和三十八年一月）

彼岸浄土

富士山の頂、三角形の頂点が少し平らに削られているところに、狂わず夕日が落ちるのが見られるのは、富士の東南側にある地方だったら、どこにでもあろうし、またこれと反対に、富士のま頂から朝日が昇るのを一年のどの日かに迎える土地もあるわけである。めんどうな言い方をしたが、地図をひらいて富士の真ン中に日出日没の時間を計算して、線を引いたら、その直線上にある地点では、この手品か大神楽の曲芸のような大自然の遊びが間違いなく見物できる。鎌倉の瑞泉寺から富士の真上に日が沈むのを見るのは、毎年春秋の彼岸の中日の前後である。いかにも仏寺らしいことなので、山上の弥陀来迎図など平安朝時代からある荘厳な画面に思い合わせて、私は面白く思い、旅にでも出ていない限りは、この日は瑞泉寺に登って落日を待つことにしている。雨降りや雲があってはいけない。ガスがあって地平が濁っていても困るので、富士の姿が見え、日が晴れているのが条件で、毎年見られるものとは限らない。

この春も瑞泉寺の和尚さんから今日あたりらしいと知らせがあって、三月三十日に見に行った。ウメも終わり、遅かったスイセンの花もうらがれて境内に花のない時である。ボタンの芽が柔らかく手をひろげ、サクラのつぼみがふくらむのを見る。日は晴れていた。この時間には、さすが昼間の人出はなくなって、梅林の中にまばらに人の往来を見るだけであった。フジだなの下で茶を出してくれる、あまりきれいでない老爺が私の一高時代の友人である。地平に近づいて日輪が赤く見えるのをながめて、昨日は頂上近く峰の左側からはいって、後になって右側に顔を出してから沈んだ。今日あたりは多分、うまく頂上にかかるだろうと言う。

若い洋装の女のひとがカメラを持って、ひとり待っていた。

「日が富士に沈むのを知ってきたのですか」

と尋ねると、

「ええ」

と言う。

どこからきたのかときくと、川崎からだと答えた。それから、私が以前に書いた随筆で、瑞泉寺の入り日のことを知ったと話した。こちらがお礼を言いたかった。

ガスで明るく不透明だった西の空に夕富士の姿がうかび、日が近づくにつれて輪郭を明らかにしてきた。頂上にとどくかと見えた日輪は、とどかずに、富士の肩にかかって沈み、少したって山の裏から右側の稜線を太い光りの筋で彩るだけで、姿を見せなかった。

「今日はいけなかった。明日でしょう」
と私は女のひとに告げた。

そのひとは、鎌倉に泊まって、あしたもまいりますと答えて山を降りて行った。

次の日、三十一日も行った。日曜日だったせいで、夕方でも境内にはまだ人が残っていた。

二人連れの娘さんがお辞儀をしたのを見ると、昨日の川崎の女のひとであった。境内にいた人たちは、夕日のことを知らずに、さっさと降りて行った。教えてやろうと思ったが、おせっかいなことだし、物知りらしく思われるのがいやで、やめてしまった。自衛隊の士官らしい二人連れが側にきたのだけに、今日は入り日が富士の真上に沈むので、一年に二度しかないことだ、と知らせてやったら、二つ並んだ若い顔をきょとんとさせて、一人が、

「へえ、一年に二度ですか」
と、意味がわかったのかわからないような返事をした。別に待って見て行こうともしなかった。

すこし前かがみで和服の老人が門からはいってきたと思うと二階堂にお宅のある亀井高孝先生であった。

「今日かね」

と、にこにこして言う。

頂上を飛び越して見当がそれなければ、と昨日見た角度から私は信じた。そのとおり、やがて大きい日輪は富士のてっぺんに、すっぽりとまっすぐに沈んで行った。

「沈むとなると早いものだな」

と、だれかつぶやいた。

そのとおり、頂に近づくと、目に見えてスピーディーとなり、山容を紫紺にして後から輝よう光りでつつむ。衰えて、その光りも消えると、人は立ち去り始めた。

帰って行く知らない娘さんに私は声をかけた。

「秋か来年、また、いらっしゃい」

娘さんたちは微笑だけで答え、カエデの下を、山を降りて行った。


（昭和三十八年四月）

紅葉狩

尾上松緑と山田五十鈴で正月にやるテレビの脚本を頼まれたので、机から離れ汽車の中ででも考えようと、十一月十一日の特急に乗った。理髪店の椅子と汽車の腰かけは、私には居ねむりより物を考えるのに、もとから一番格好の場所であった。

行く先はまた京都、家内とお友達の奥さん方が鷹ケ峰の光悦会に出かけるのに同行する。ちょうど紅葉がよい頃だし、天気なら保津川を舟で下ろうと汽車の中で思い立った。

ぐずついて灰色の空が続いていたのが、急にぬぐったような秋晴れの朝となった。保津川下りの舟が出る丹波亀岡まで老の坂を車で越えて行くと、峠は真実の秋山図である。越えて丹波の盆地にはいるとまだ朝のうちだったせいか霧が残ってため池の水のように沈み、遠い山々を裾をぼかして頂だけのものにしている。畑のネギやダイコン、冬菜の色が青々としている。それと、どこの農家にも実がなったカキの木の花火。保津川下りには季節はずれだし、客もなかろうと思ったのに外人もまじえて、かなりの人数が舟を待っていた。一升びんをさげたのは、舟の上で岸の紅葉を肴にやるのであろう。

雨がなかったので水が落ちて、石があらわれ、水の深い時よりこぎにくいと船頭が話した。底の石で舟底をこすりながら、無理やりに通るような個所もあった。意外なくらいに両岸に紅葉の木がすくない。たまにあると紅葉して美しいが、山は荒れていて不毛の坊主頭のものさえある。これが京都に近づき、嵐山の上流近くになると、山の姿、これを深くおおう木々の様子が、だんだんと優雅に趣あるものとなる違い方が実にきわ立つ。やはり人の手を入れて保護してある山の木々が美しいので、上流の山々は観賞のためのものでなく、荒れたままでいるのである。歴然とマツクイムシにやられて葉が赤くなったマツ山さえあった。観光を宣伝して舟を出すが、山を美しくするのを忘れているのである。

嵐山の下で舟を捨て嵯峨で湯どうふを食い、まだ日があったので高雄、栂尾に向かった。ここは、さすが古くから紅葉では指折りの名所、高山寺の内外にカエデの木も多く、濃く薄く染め分けられたのが、まだ内側に残る葉の鮮かな青い色を紅でふち取って見事であった。石水院に病気だった和尚の見舞いに寄る。白いリンズの上にねずみ色のそでなしを着て、元気な声で話した。喉のガンで声が出なくなり病院にはいって治療していたのである。

宿に帰ると東京から電話、帰ってからでは制作が間に合わないから、この二日間で書き上げてもらいたく、もう午後、旅客機で人を受け取りに出したとある。紅葉どころでない。興をそがれてちょっと、むくれる。

次の日は、朝の内に詩仙堂、円通寺。午後、女房たちを光悦寺まで送り、自分は町に降りて来て、古本屋や美術商をのぞきながら目的なく裏通りを歩く、脚本のことが頭にある。自制して明朝から働くように決心する。その代わり午前中だけ仕事をして午後は外を見に出るつもりである。

次の朝は六時起き、原稿をただのノートに書き流した。十二時にきっぱりと中止。東京から催促にきた青年を誘い、近江の永源寺と言う禅寺が紅葉がいいそうですと、宿の女将が話すのを聞き、自動車を新しい名神オートルートに走らせ、三上山のすぐふもとを通って、中山道にはいり、そこから狭い田舎道にはいる。行けども行けども、目的の永源寺に出ない。京都から最新の良い道路を疾走して来て、一時間半もかかったドライブ。山々を眺め深い渓谷のほとりにある寺だが、石段が見上げるように高く続くのを見て、やれやれと思った。

せっかく、こんな遠い田舎まできて、石段を見ただけで帰るのも残念で、勇気を出して登った。岩山の中腹にあって境内の清らかな古い寺だが、彦根の城主井伊家がパトロンで中興したもの。古いと言っても大したものでなく、寺宝とやら拝観料を払って拝観に及んだが、特筆に値するものなど見当たらない。環境はよいが、万事田舎臭いのである。ここでの見ものは、六、七百年とかたつと言うカエデの老樹の、根もとから太く枝の分かれたのが秋の陽に映えて真紅なのがあることであった。往復三時間あまりのドライブで、山里にこの一樹を眺め、門前の茶屋でコンニャクを土産に買って帰る結果になった。コンニャクとヤマイモとユリ根が土地の名物で並べて売っているのだから、人情は今日もまだ荒れてない。

次の朝はまた六時起き、十一時過ぎに京都を離れ、伊丹から東京へ日航機で帰る居催促の青年に十一時かっきりに原稿を渡して出発させた。

ひとあし遅れ、同じ午後の京都発の特急「ひびき」に乗って私も帰る、ふと気がついて失笑した。

「しまった。原稿を渡してやったのは大出来だが、題をつけてやるのを忘れた」

あくる日午後にはその脚本が印刷されて私のところにとどいた。

「題がついていないので」

「そうなんだよ」

と、私は笑って、ざっと目をとおしてから、「やっこ凧、としよう」

正月の出し物のゆえもあるが、紅葉の旅先できりきり舞いして書いたことの記念である。糸目は、さほど狂ってなかったのを見て、私は機嫌がよかった。

（昭和三十八年十一月）

朝の光

数日の旅から帰って、我が家の習慣の中に戻る。私は起きると、雨の日でない限り庭におりて朝の日光を受ける。せまい場所を往復して歩くだけのことだが、きまって植物の向日性のように、空にまぶしく太陽のある方角に額を向けて歩き出す。無意識の動作の中に日に背中を向けて第一歩を起こすことがないのを、自分で確かめて、微笑を感じた。私は光が好きである。起きぬけたばかりで、まだゆるんでいる皮膚に、日光の暖かみを受けて歩く。それだけで、生きていることの喜びを知る。

十歩ほどで行きどまりになる庭だから、今度は光を背中に受けて戻って来る。木々を閲兵するように朝の挨拶を受け、近ごろは一日ごとに変化して来るのを確かめながら見て歩く。この時間だけ私は貧しかろうが小さい王国の王様の気分である。桜が散り始め、楓がこまかく芽を出した今日このごろの晴れた朝の心持ちは真に楽しい。

庭の土がやせたせいか、球根を植えたチューリップの出来が悪くて、一枚の葉を出しただけなのもあるくらいだが、山百合の芽はまだ出ぬかとさがし、はこべなどの雑草がひろがったのも美しいものとながめる。来る夏の夕方の為に私は今、月見草の種をさがしている。露草、秋海棠など平凡な山野の草が欲しい。

今度の旅行では、吉野川について上流の宮滝まで行き、戻って来て、壺坂寺、飛鳥、聖林寺とまわった。例の如く私の小旅行は目的があるようで目的がない。大和平野の片すみに咲く菜の花や、靄《もや》に柔らげられた三山の姿を打ち見やるだけで満足なのである。

壺坂の寺は昨年、雨後の新緑の時に訪ねた時は、建て物を修理中で足場を組み、目隠ししてあったが、今度は国宝の礼堂が新しく建て直って堂々と大きい屋根を張った姿を見せていた。それもまだ、堂内に物を置かず、黒く塗った柱と、同じ色の桟をして紙をはってない障子を立てただけなので、がらんと広く床を見せたのが如何にも清らかで、ゆったりと大きい風情、山上のことであり、夏だったらここに来てゆうゆうと午睡を許されたら、と思ったほどである。昔は、壺坂霊験記の沢市やお里にかぎらず、願あるひとのおこもりを許したことであろう。今日はその慣習もなくなったろうから、人が登って来ない夏の真昼の静かな時に、ここで風を受けて見たいのであった。奥の堂の本尊の前で目薬を売っていた。「沢市目薬」とある。製造元を見ると東京の下町のどこかである。

春の寒波とやらで、どこへ行っても期待した花を見なかった。ただ、ひともと、桜井の聖林寺の門前にある古い枝垂桜が、訪ねたのも夕方近くなってからだったが、夕日をあびて、浅黄色の空から淡い紅の滝を降らせたように、八分ばかりに花をひらいて枝をたれていた。石段を昇った狭い踊り場にあるので、そこからまた数段登った上にある小さい山門の屋根をおおうばかりである。

門と並んで鐘つき堂があり、その横に突き出して庫裏の座敷が、高い石がけの上にあって、花の滝を真向かいに、手のとどきそうに近くに置いてながめることになる。下は大和の平野、近ごろ遠景に工場のコンクリート壁など見るように成ったが、それでもまだ、菜の花畑のある野山、村里は静かで雲雀のさえずりを聞く。鐘つき堂の木のわくに腕をもたれ、春の日はここにあるとの深い感慨であった。桜の花、菜の花は、鎌倉や戸塚あたりにも見るわけだが、旅先でながめるものは、どうしても違うのである。旅の心で、色を濃く染め上げているだけのものではない。都会が近いと、植物の花まで色を薄めて疲労を見せるのだろうか？　あるいは都会の日常に帰れば、こちらの気がせわしなくて、そこにある花の色も遠いものに感じられるのか。

起きたばかりで、朝の庭に降りている私の目は新鮮である。椿のつぼみの毎朝の変化についても、木犀の若い芽の伸び方についても怠りなく見ることが出来る。朝の光は、人の心をゆたかにしてくれる。清々しくて、めざめたばかりのさわやか気分で、老いて衰えた目もさわやかな時間なのだろう。

（昭和四十年四月）

古本さがし

日がある内に仙台駅に降りると、古本屋に行きたいと望んだ。絶版になっている「奥州藤原氏資料」が、五、六年前に東北大学で作ったものだし、おひざもとの都市に来たついでに出来れば見つけたいと思った。

古本屋は地方の都市に行くと、すくないものだし、土地の者に尋ねてもどこに在るか知らないのが普通である。仙台には歴史の古い大学がある。大学の近所に行けば見つかると信じて、タクシーを走らせた。さすがに数軒か店があるが、私が尋ねる本はどこにもなかった。

「平泉の藤原氏の本ですか」

と言って棚からおろしてくれたのは、藤原三代の棺を開いて、三代のミイラを調査した時の報告に出版したもので、私が書いた文章も出ているもの、これならば私の家にまだ数冊を保存してあった。

古本屋をあきらめて、私は新しい書店をさがすことにした。地元の大学の研究室で編纂したものなので置いてあるかとも考えたのだが、やはり新刊小説の類は山のように積んであって、学術書の棚は見るべきものが見当たらず手薄である。

「昔は、小説の本なんて、本の中に入れてなかったがな」

と、小説家の私が、思わず、連れにつぶやいて聞かせた。

歴史にしろ社会科学にしろ、専門のものになるほど学術書はどこでも注文でないと、取り寄せて棚に飾ってない。買い取りでないと送らない出版元もあるので、返本もきかず、売れないとなると困るからであろう。

「やはり神田や本郷の本屋となると、さすがだな。とにかく本がそろえてある」

これは実感であった。古本屋でも品物が何でもあると言うのが店の権威なのである。地方を歩いて、珍しい本を掘り出す楽しみもなくなった。私の住む鎌倉など明治以来、知識人や隠居して読書のほかに楽しみのないような人たちの住みかに代々なっていたせいか、時々、これはと思う古い本が出ることがあった。一度にどっとそろって出ることがあるのは、その老人がなくなって遺族が元の持ち主ほど本に愛惜がなく本はかさばるから邪魔にして整理したものらしい。それも近ごろはあまり見られなくなった。まとまった本は、東京の本屋が買いに来てトラックで運んで行くのである。

地方の小さい町に行って専門の古本屋があったら、これは人の生活が落ち着いていると見てよい。新しく発展した町には、古本屋があっても、落ち着きのない新刊書だけしか見つからない。古い本は貴重のものになったし、めったと地方では見あたらない。学問芸術が大都会に集中するのと同じ傾向で、あまり好ましいことではないので、また都会に比べて地方の生活経済の手薄さを思わせてさびしく思うことだ。

フランス、イギリスのように日本より小さい国へ行っても、地方の小都市がその土地の権威と生活の厚みを失わずにいて、パリやロンドンでは入手できない出版物を豊富に持っている。いつか、日本の小都市もそれぞれの個性を明らかに生活の厚味がある落ち着いたものになってくれればほんものなのだが、書籍の類まで大都会にのみかたよって集中するのは、国全体の文化の程度が、まだ薄くて、骨格がもろいことなのである。

私は今度の旅行中、わざと岩手県水沢市などに降りて泊まって見た。高野長英、後藤新平、斎藤実などの出身地で、生まれた家が記念されて大切に保存されているのを見て回ったが、古本屋へ行って見ると、本らしい本がほとんどなかった。長英も新平も、東京へ出て勉強したわけで、地方にとどまっていたら欲しい本も手にはいらなかったろう。

旅行の出がけに郵便で、東京の古本市のカタログが着いたのを持って出て汽車の中で点検した。主として明治の出版物だったが、泉鏡花の「高野聖」の初版が三万五千円、横浜にいたフランス人の漫画家ジョルジュ・ビゴオの薄い画集が四部で二十三万何千円かの値段がついているのに高くなったものと驚いた。ビゴオの本を私は七冊もそろえて、神戸の古本屋で五千円で買って持っていた。古い本は、それほどすくなくなっている。パリで古本屋を見てまわって、同じ本が東京ならクズのような値段で買えるが、と思ったことがよくあった。それと同じことである。フランス人が東京の古本屋を見たら、フランスの、かなり高度の本がよく読まれているのを発見して、驚くことに違いない。例えば、私が奥州岩手の水沢の町表の古本屋で、ビゴオの画集を見つけたとしたらその土地の住民に深い敬意を感じるだろうことと同じなのだ。

（昭和四十年五月）

松下村塾

十日間ほど、机から離れて、山口や萩の町を見て歩いた。

大内氏が京都の文化を移して築いたと言われる山口市へ行ったのは、生まれて初めてだが、萩には戦前に一度足を運んだことがあり、昔の面影を留めた城下町の姿、武家屋敷の土塀や、町の中に堀割のあるのを今もなつかしく心を惹かれていた。

前に訪れた時から二十数年経っていた。さすがに萩にも戦後の現代がはいり込んでいる。それにしても、山陰の交通不便なところに在るので、同じ県内でも瀬戸内海沿岸の石油コンビナートやその他の工場で急速に発展して姿を変えたのにくらべて、この都市にある工場は、ミカンのマーマレードを作るのが一軒あるだけだと言う可憐な後進性振りである。マーマレードの原料となる夏ミカンは、明治維新で城下がさびれたので、士族の救済のために夏ミカンを植えさせたのが、育って年間十数億円とかの収穫を見ることに成ったものなのである。

土塀や石の塀、生け垣でかこまれた昔の武家屋敷の庭は、繁った夏ミカンの大きな木でいっぱいで、今度はちょうど黄色く色づいた時だったから、海の暖流の加減でおだやかな気温にボタンの花も早くも咲き、土塀越しに枝を伸ばした夏ミカンの落果が私どもが歩く武家町の道路に拾う者もなくどろどろ落ちている。人通りもすくなく、通りはしんかんとしている。夏ミカンの木はかなり大きくなるもので、森のように繁った青いつやつやと日光に映える葉裏に、まるく黄色い実を、こぼれるほど成らせている。花の咲く季節には町中がその香につつまれて吹く風が匂うと聞いた。

この静かな城下町に、維新の志士の桂小五郎や高杉晋作、伊藤博文などの生家が、これも昔の姿のまま、今日は他人が住んで保存されている。桂小五郎の生家は、医者だったので、患者を迎える戸口と家人の出入りする玄関と、二つが直角に並んでいる。小さい二階もあり、二畳間の勉強の部屋が小さい窓を庭に向かって開いている。奇兵隊をひきいてめざましい活躍をした高杉晋作の家も小さい。しかし、小さく手狭なので見る者を最も驚かし、感動を呼ぶのは、彼ら青年たちを教えた吉田松陰の松下村塾の古い建物である。当時のまま保存されているのだが、生徒の溜り場の十畳間と松陰が講義した八畳の一部屋と、古だたみを敷いた二つの部屋だけである。

生徒は前後五十人ほどで、まったくの村塾である。萩は今日でも交通不便な土地で維新当時は、もっと田舎の片隅に在るのが感じられる中央に遠い地方の小都会だったはずだ。それも城下から川を渡って山にかかって在る村の、この小さい塾から、維新と言う日本の国全体の運命を担って変えた青年たちを送り出しているのだ。維新の動乱で死んだ者が皆二十代の若さだった。生き残って明治と言われる時代を築いた人々の中には、木戸孝允、伊藤博文、山県有朋、それに大将乃木希典など明治の歴史に不滅の足跡を残した者たちが揃って出た。五十人の生徒なら、今日の小中学の一クラスの人数に過ぎない中から、その半数近くがボーリングの球でなく国の運命を動かす人間に成長したのだから、吉田松陰と言うひとりの人間の感化力の強さが考えられるのである。

その村の塾が、目の前にあっていかにも小さく粗末なのである。三尺幅の玄関は半分が土間で、式台に当たるものは薄い板を柱で支えたものに過ぎぬ。この狭い土間に、生徒たちの村道の土によごれた下駄や草履が、ところ狭く並ぶ形状を想像する。先生は、たったひとりだ。そして、この先生は三十歳で江戸の伝馬町の牢に送られて、刑死したのだから実に教師として若い年齢である。学問知識では今日の大学の教授たちにくらべて、広く知っているとは決して言えなかったろう。知識でないものを教えて、年少の生徒たちを国の未来のために送り出した。こうとしか、ここでは言い得ない。

この先生は弟子たちに語った。私は忠義のためにやっているのだが君たちは自分の功業のためにしている。それではいけないのだ。この忠義を、狭く解釈することは無用である。

この小さい粗末な昔の建て物を見まわっていて、私は実際に段々と深まる感動を覚えて来る。省略して言えば、師弟の間に相映じる人間の誠実さに帰するようである。お互いに全身を投げ出している関係である。私はこの小さい家を二日続けて見にかよった。他の史蹟は、どこも一度行けば満足したが、ここだけは萩を去る前に、もう一度、見に行きたく、心を惹かれた。

（昭和四十一年四月）

旅の誘い

長州の萩、山口、防府などへ旅行をする計画であった。十一月三日の神奈川文化賞の式に出席して、その日の午後か、次の日に空を飛んで福岡まで行き、北九州の装飾古墳を回って、下関へ出て来る。それから目的の十日間の日程まで作ったのに、旅行する為には書溜めておかねばならぬ仕事が進まなかったので、日を遅らせることになった。

十日間の旅をするのには、帰ってからの仕事に余裕を作る為に、新聞十六日分を書いてから出かけねばならぬ。一回分が五枚なのだが、資料を読んだり考えたりして、八時間から十時間、机に向かっている。これが日課である。一日怠れば、次の日に二倍の仕事をしないと間に合わなくなる。重い本を沢山持って旅行に出るわけに行かないから、旅へ出るのには、その間の仕事をしてから出かける。ずい分、重労働のノルマである。十六日分の十日分まで貯めたのに、その先に出るのが、つかえて了った。その間にも新聞は毎日一回分を掲載して行くから、書かずにいると、見る間に減って行く、出発を延期すると決めた途端に、気のゆるみから十回分書溜めてあったものが、六日分になってしまった。また働くことになる。

いつ出発出来るか判らなくなって、私はさびしく思っている。季節外れの台風が接近して海上を通るとかで、強い雨が降り、木の枝を風が揺さぶっている。急に冬が来たように、低い気温だ。鎌倉の山も紅葉したり葉の黄ばんだ樹々が目立つようになった。萩や山口も美しい自然に囲まれた静かな町だ。もと長府と言った古い町も珍しく大きな木が多い。高杉晋作の奇兵隊が一時、本陣を置いた吉田と言う小さい宿駅も私はもう一度行ってみる予定であった。ここは国道から離れて山の方に入った田舎なので、昔の狭い道路を挟んで両側に宿場町が僅かにつながっている。短命の高杉が生前に可愛がった「うの」と言う芸者が尼になって、ここにある高杉の墓を守って庵を結んだのが、駅の郊外に残っている。高杉が書いた日記類も、遺愛の品々も、記念館を建てて、おさめてある。感心するくらいに、よく集まっているのは、うのが大切に保存してくれたせいであろう。尼になった時、うのはまだ十六歳であった。自分から尼になったのではなく、伊藤博文と山県有朋とが、死んだ高杉の為に、うのの黒髪を無理やりに切って、尼にして了ったのだと言う説があるが、長命して生涯、高杉の墓を守ったのだから、この話は後の人間が作ったものだろう。萩にある吉田松陰の記念館にも、松陰が書いたものが実によく集めてあるが、不便な土地にある高杉の記念館もその点で立派なものである。高杉が中国の上海に渡航した時、珍しがって買って来た品物の類まで陳列してある。「うの」の芸者時代の写真や、尼になってから晩年の写真もある。なかなか美人である。芸者時代のは、十五、六歳だったせいもあるが、口紅をつけていても罪のない子供の顔をしている。うのは、高杉が政敵に狙われて、大坂や四国に亡命した場合も、高杉と一緒に逃げた。男を熱愛できる年齢でもない。ただ素直に運命に従って付いて歩いたのだろうし、それがまた昔の話らしく不思議と美しい。髪をおろして尼となった晩年のうのは、男のように大きく立派な顔立をしている。明治の美人によくあった典型的な瓜実顔である。

私の旅立ちは、今から支度して十二月に入ってからに成ろう。当分行けないと諦めてしまってから、古い写真で見た「うの」の姿がちらちらした。土塀をめぐらした昔の武家屋敷や古い町家がまだ残って静かな萩の城下町も、私に旅を誘っている。

（昭和四十二年十月）

飛鳥の春

古いことになる。もう四十年ほど前の春の日のこと、法隆寺を見たあと汽車で奈良へ出た。むろん煙を吐く小さい汽車で、窓も煤煙でよごれていたが、一面の菜の花畑の空に二上山の方角に傾いた入日が、金粉を振りまいたように宙を染めていた。今日考えて、畝傍山であろう、菜の花の中に島のように泛《うか》んで朧ろな影となっていたが、あとは全部、入日の金と輝いた菜の花で塗りつぶされていた。

あんな明るい春の夕方を見たことがその後もない。夜の間に強い雨が降った朝、それこそ拭き去ったように空が晴れた時に、壺坂寺の盲人たちの花園から三山のある大和の原を遠望したことがあった。畑の麦はもう苅り取ってあった。まったく洗ったように鮮やかな緑で、いきいきと明るかったが、昔見た菜の花のまばゆさは考えられなかった。花の時分に、聖林寺の石段を昇って、枝垂桜の古木の花の咲く下から大和三山のある平野を眺めた。工場か社宅らしい白い壁の建物がちらほら見えていた。聖林寺の環境は今でも暢びやかに静かだが、その時も昔見た菜の花畑の夕景色を思い泛べて、あれは夢でも見たので、ほんとうはなかったものではなかったか、と思ったりした。蜃気楼のように、それを見たことは生涯の幸福であった。二度と、あれだけの眺めは、大和の国原でもとらえることは出来ない。汽車も煙を吐く、のろい小さい汽車でなければならず、宅地分譲などなかった時代でないといけない。汽車が奈良に近附いて、西の京の森や塔が、よく醸した酒のようにとろりと重い春の夕日の海に泛んでいるのでないと、いけない。

私は飛鳥の島の庄の、あの巨大な石舞台を、夜の闇の中で見てやろうと思立ち、わざわざ畝傍に泊って日が暮れかけてから自動車で出かけたことがあった。あいにく雨が降り始めた。秋のさびしい雨であった。飛鳥川に沿って狭い道を上って行って、人が歩いて来るのにもほとんど出会わない。雷ケ丘だの、甘樫の丘など、草が黄ばんで雨の中に蕭条とある。すすきの穂は老けている。

道も人家も濡れた飛鳥の村道に入る。島の庄へ登る路が工事中で車止めになっていて歩くことになった。雨はまだ降っているし、すっかり暮れて暗くなっていて足もとが滑るので、ぬかるみを避けて、道をひろって歩いた。それでも、それこそ、ぬばたまの夜の闇の中に、あの巨石の群に逢うことを思うと、人の知らない逢引にも出たような幸福な思いがあった。夜の中に石が見えた。壕をめぐって板橋を渡って行って、巨大な石舞台は目のあたりにあって雨に打たれていた。だが平凡に石が濡れているだけで、精彩はない。それに、あたりの山際に夜霧が降りて暗いのだが、すぐ下の飛鳥の里が電灯をつけてどこにでもある村の夜景である。古事記や万葉の夜ではなく、大きな乗合自動車が道の幅一杯になって、窓の光を明るく出て行くところである。雨は強くなって、レインハットの縁から滴を散らした。万葉の夜は、もう二度と石舞台に降りて来ない。鬼や精霊《すだま》の声が、二度と、ここの夜に聞こえない。わが妹子たちは、夕飯の時間であった。

他の時に、これは光の明るい真昼であった。晩春の山々の新緑が鮮やかに美しい折に、小学生の遠足が石舞台を真中に、丘から四方の壕の緑の草に一面に散らばってお弁当をひらき、明るい声をあげて騒いでいたのに出会った。みんな小さい子供で、黄色い帽子をかぶって、紅や桃色や各種のセーターや上着の色が、草の上に雛菊をまきちらしたように明るく陽気であった。巨大な石舞台が、その中央に坐っていて、この古墳と子供たちとが、ふしぎな調和を作って、太古の石がいきいきと生命を蘇らせて来たように見えた。子供たちの騒ぐ声は春の空に吸取られている。それなのに黙っている石舞台が子供たちの声に答えて、何か話しているように見える。私はそれを何とも美しいと思って眺めていて満足した。

遠足の幼児たちは、先生が教えてくれたところで、石舞台が何か無関心だったろうし興味もなかったろう。子供たちのよろこびは新緑の燃え立つような山に行き、晴れた青空の下に緑の草原に出たことだ。子供たちでは登り得ない大きな石の塊がそこにある。登れないのでは自分に用がないから、斜面や壕の草の上に坐って、空腹をみたし始めた。しかし私が見た情景は、子供たちの遊び戯れる中にいて、石が暖く笑っているように見えたことである。

石舞台は蘇我の馬子の墓とも伝えられる巨大な古墳で、土をかぶって深く埋れていたものが、近世になって地をならして畑に耕している間に土中から石の背を出した。その前後に盗掘も行われたらしい。風雨で洗われて、石組みがいよいよ大きな姿を地上に現わした。一個の石で二メートル以上もあるだろう。村の者が花見酒を飲む場所ともなっていたが、正式に発掘されて現在の巨大な姿となり、また四方に壕をめぐらしてあり、その下部を石崖で固めてあるところから、馬子の墓でないとしても同時代の誰か豪族の石槨《せっかく》と認められた。壕には深く水も入れてあったろう。土を盛って円く丘とした背には樹木がしんしんと繁っていた時代もあるだろう。島の庄は馬子が邸宅を営み、朝鮮の庭造りを招いて池を掘りめぐらせ花木を植えてあったとも言う。今残っているのは、日をあびて、あぐらをかいて坐り込んだような、この巨大な石の累積だけである。石舞台から飛鳥の村へ降りて行くと、田圃の中に斉明天皇の板蓋宮の井戸のあとと推定される石組みが発掘されて、大きな規模を日にさらしている。井戸とは考えられない規模の大きいもので、宮女たちが群って水を掬み、布を洗っていた姿も画のように想像出来る。このあたりから川原寺に続く田圃の地下に、川原宮の楼門や廻廊の礎石が隠れ、雨落ちの溝のあとが調査の後にまたもとのまま埋められて、小さい寺が点在するほかは、飛鳥川が流れるだけの平凡な村里になっている。だが、平凡のまま民家の台所と隣合わせて、昔の宮殿の址があったり、古い石の塔が隠れていたりする。残って飛鳥の昔の証人となるのは、実に石だけなのである。寺の礎石のほか、山蔭にある酒船石、稲田の中に蹲《うずくま》る大きく厚味のある亀石、鬼の雪隠《せっちん》、鬼のまないたと呼ばれて伝来した縦四メートル横三メートルもある明らかに石槨だったものが無造作に、大きく草の中に転がっている。村道を歩いていて、こうした古い時代の証人が伏兵のように現われて話しかけて来る。飛鳥路を歩く楽しさは、彼らと不意の対面をすることであった。万葉の歌に出て来る池や、丘、川の流れが、ありきたりの村里に埋もれる在り方で、つつましく残っていた。石工の技術は朝鮮半島から渡って来たと想像するのはやさしいが、これだけの巨石をどこから運んで来たものか？　峠を越えて吉野の宮滝あたりまで出ると、青い流れを挟んで壁のように立つ岩石が見られるが、花崗岩は別としてあの辺の岩石と質が同じなのだろうか？　川原寺に残る古い礎石は、白瑪瑙と称えられ大理石らしい。他の巨石は、飛鳥にはなかった筈のもので、どこからどうやって運んで来て、石舞台のような巨大なものを築いたのだろうか？

皇極、孝徳両天皇の母である吉備姫王の檜隈墓の森の繁みの中に、猿石と称せられる一つの石に、顔を三面、四面、二面と彫刻した石像群がある。橘寺の本堂の脇に、二面の大きな顔を彫ったものと同じ性質のもので、檜隈墓のものは欽明天皇陵の西南に埋めてあったのを、農夫が掘り出して移したと言われているが、原始的な力強い表情のもので、古事記などの善悪の区別がまだない時代の、たくましい笑いが感じられる。これが日本の土着のものか、舞楽面のように大陸に源流を持つものか、野放図もない明るさや、デフォルメされた面相が問題を提起する。埴輪の顔はもっと優しく可憐なので、猿石も人面石の彫刻も、純粋な日本人の手に依るものではないような気がする。古代の快活さは共通していても、こう言う誇張は、どこから生まれたものなのか？

菖蒲池の古墳におさめられた二つの家形の石棺は美しいものらしい。私は雨で草が濡れている坂道を幾度も滑りながら登って入口まで行ったが、鉄網で塞いで入れなくなっていたし、草が伸びて入口を隠し、覗き込んでも、雨の日の古墳の内部は真暗であった。民家の庭に集めてある元薬師寺の古い礎石も、それぞれ不思議な美しさを持っている。掘り出さずに、もとの位置に在るのを見る方が、もっとよかったろうが、畑を作る邪魔になって、移されて集ったとしても、どことなく、それぞれに気品があるように見えるのが面白い。私が感動した春の夕景色の畑の菜の花に埋もれて、この飛鳥の石たちが点在して坐っているのを見る仕合わせが起ったら、どんなだろうか？　しかし、今のままでも、この石たちは何かを話しかけてくれる。口がきけないのではなかった。年に二度三度、私は飛鳥あたりの、何もないような平凡な村道を歩く。そして彼らと会う。それだけで私は時間の上で遠く遥かな旅をする。

（昭和四十三年一月）

詩仙堂

私は詩仙堂が好きで、二十年近く、京都へ来る毎にきまって訪れる。それには朝の内か、夕方、日の暮れ際、人がすくなくなった時刻を撰ぶ、それは、詩仙堂の静かな時が好きだからである。季節では、初冬、山茶花の咲く頃である。薄暗くなった屋内に座って、花が枝を離れて地面の白川砂にこぼれるのを見まもっている。風もない宙を、散って来る花びらの短い旅路が心に沁みるようである。ふしぎなことに、つつじの花の咲く初夏の絢爛たる時に、いつも私は行き遇《あ》わない。

鎌倉の家に居ても山茶花の咲く頃になると、詩仙堂のあの大きな樹のことを考える。根もとから分れてたくましく充実した姿の幹だけでも、異様な生きものを見るような心持に打たれる。三百年、四百年のものだろうか。石川丈山の作詩に、あの山茶花は入ってない。庭の沢山の桜が咲く詩があるが、広島の寓居の庭のものかも知れぬ。丈山の在世中には、あの山茶花はまだ幹も細く、可憐なものだったのだろうか？ しかし、箒のあとの残る砂の上に散る白い花びらは、九十歳の長寿だったと言う丈山の老年の人柄を幻のように感じさせる。同じ時期に、梢の柿の実がつややかに光るように見える。冬霧が遠い京の町を早くとざして、夜の燈を泛べる時間である。壁から滲み出て来る底冷えする寒さを感じてからいつも私は帰り支度する。

紅葉の頃も、あの庭は前の山が燃えるように美しい。添水の鳴る下の庭へ降りて、野菊や、ほととぎすや野の草花が見つかるのも、詩仙堂の庭の魅力である。山茶花のある上の庭も、文政年間、丈山の百五十年に荒れた堂を修復した際に、姿を整えたものらしいが、私は下の庭を歩きながらここはもと畑だったのに違いないと空想したが、それも当っていた。丈山在世の時代に冬菜や芋畑だったとしても、これは世を離れ住む老詩人にふさわしかったろうし、元来、丈山が選んだ詩仙堂の在り方がそれに近いものだったように想われる。山も近く、米を洗う野川の流れもすぐ目のあたりに在る。詩仙堂の庭には垣根がなく、外の山や野に直ちに通じていたものであろう。十景として詩に詠じた場所を、今の小さい庭に求めるのはいたずらに混雑するだけである。丈山の文人趣味（？）から言えば、中華風に太湖石や石人を置き、装飾で埋めて仕舞いそうに思われるが、花の木や野の草だけを友としていたのは、やはり無慾で閑雅な日本的な風格がさせたことで、詩仙堂の庭の特徴は、竜安寺の石庭や、金閣、大徳寺の庭のような、造庭の技法にこだわらず、石を用いず、自然のまま、外の野に続いていたもののように考えられる。住むひとの人柄なのであった。建物でも簡素な、茅葺のもので、仏寺に見ることさらに人を驚かすように過剰な、工夫を凝らした点は見られない。大体は、ただの平凡な民家である。詩仙堂と名乗りながら、現在は書院も台所もある一屋の中に、言わば持仏堂のように方九尺の土間に石を敷いた堂の四壁に、唐土の三十六人の詩人の、画像と詩一篇を掲げただけである。中頃の修復に依って同じ棟と成っても、元は主人自らも詩を作り、古代の詩人に傾倒した一私人の静かな住居であったのに違いない。仏寺のものものしさとは違って謙虚で自然の姿で私どもの心を惹く。人工の手をあまり加えず、天然のままに置いた庭と同じことで、濃い文人趣味はありながら、これは一室に封じて、好む書籍のほかは座右に物を置くのを無用とした生活だったろう。琴も茶も文人の生活をより静かなものにする為に工夫された。

石川丈山は、戦国生残りの武人で、自から槍を取って城攻めに一番乗りの名誉を競った。豪壮な偉丈夫である。晩年になっても他人の無礼を許さぬような烈しくきびしい性格であった。仕官も俗世も共に嫌うとなって、堅い棒が折れたように前の経歴をきれいに振棄てて、詩文の道に入った。詩人とは言うものの、五十を過ぎてからの遅い手習である。作った詩も優れたものばかりとは言えない。しかし、詩に寄せる憧憬と熱情は、他人の誰も及び得なかったもので、和歌の三十六歌仙に習って唐土の三十六詩仙を撰んで祭ろうとする枯れた老人とは思われぬ子供のようにひたむきの熱情に身をゆだねた。前半生に、槍を取って敵に肉迫し城を奪った武人の熱情が、詩を作る日々に成っても彼を動かし、異国の古代の詩人に対して宗教的に近い敬虔な心の傾倒を寄せた。質素で尚素朴なものである。彼の有名な富士山の詩は概念的なところを拭い去れない。だが、詩仙堂を創った熱情は、丈山には極めて自然で、純真なものである。詩が好きだったのだ。その性格が、詩仙堂の建物や庭の佇まいに今も残り、丈山の生きている時代とは形は変っても、この地を撰んで隠栖し、愛するものを愛して送った在りのままの姿が、この古い家の、屋の棟あたりに漂っているように感じられる。山茶花も育ってまだ花のさかんな老木となり、赤松の木も、つつじも長い歳月の間には丈山の知らぬ形に姿を整えたかも知れない。が、このような庭はどこの寺の庭にも見られない。意匠を避け装飾を排して、自然の姿に近いことを人は気がつくであろう。作った手を見えぬように隠して、野や山につながるままに置いてある。文字で書く詩を、こう言う形で丈山は遺してくれた。石川丈山その人は、藁屋となり山茶花の老樹となり、紅白の絞りの椿の花となり、晩秋の木末に輝く柿の実となった。彼の老年の夢とあこがれは、古代の詩人たちを祭った一室に示されている。神仏でなく詩人を祭るという執念からして俗世の人のものでなかった。その人の心の真実さがこの建物にも庭にも見えて、私どもを惹付けるのである。

(昭和四十六年五月)

II

幼児の記憶

子供の時代の記憶は、一体、生年何歳ぐらいの時から後に残るものなのか？

カザノヴァは水の都ヴェネチアに生まれたひと、ヨーロッパ中をまたにかけ、自分の性生活の経歴を丹念に書き残して、言わば西洋の「好色一代男」を小説ではなく実地に生きた回想録を残して有名である。最近にフランスで出た研究ではカザノヴァの思い出には大分、ホラがはいっていると発表されたが、それならば実歴だけでなく創作された小説的色彩もあると考えてやっても、回想録の文学的評価には別に関係があるまい。自分の一代に出会った女の数々を、博覧強記、見事な記憶力と感心される。この全巻を読んでやれと、この暑中に手をつけたのだが、カザノヴァが幼時の記憶は、八歳より前のことは何も覚えていないと書いてあるのには、ちょっと、意外であった。さすがカザノヴァの記憶は色で終始して、子供の時代のことは、すっかり忘れてしまったのだろうか？　あの大冊の回想録を書くほどすぐれて記憶力のよい人物と思うから不思議である。

徳川夢声君の自伝が新聞に出ている。読んでいたら夢声は四歳以前にいなかにいた時のことを覚えていると書いている。四歳で東京に出て来たので、生まれた津和野の土地にいる間の記憶は四歳以前のものだと思われる。断片的だが、いろいろのことを覚えていると物語っている。夢声も当代で物覚えのいいので定評あるひとだが、八歳以前のことの記憶のないカザノヴァよりはるかに幼いころのことを覚えているのだから、自信を持ってよい。一体、人間の幼児の記憶はいつごろまで昔にさかのぼるものだろうか？　私などは覚つかないが、横浜で生まれて八歳の時に東京に引越した。それにしても、横浜に住んでいたころの記憶をかなり残している。幾歳ぐらいからのことかわからないが、英町十番地に黒い板ベイのあった家のこと、庭の様子、ランプをつけた屋内の夜のこと、家の間取りなど、いまでも説明できる。町の遊び友達の紺屋の息子のこと、入学した太田小学校の教室の窓ガラス戸でなく障子をはめてあったこと、小さい少年の日の情景が、きれぎれに思い出の中に浮かんで来る。異常な出来事は、さすがに、はっきり覚えている。女中に連れられて外出して、道路にころんで額を切り、血が流れて、八百屋の店で水で洗って冷やしたことなど、たなに並べた野菜の鮮やかな色とともに、銅のかなだらいに入れた水で冷したことまでいまも目に浮かんで来る。

　それからまだ小学校に行かない五、六歳の時に庭に遊んでいて急に気分が悪くなり、せんたくをしていた母親のそばまで行き、キイキが悪いと告げてごろりと縁側にころがって何もわからなくなったこと。それから横浜病院に入院して病室の窓から見る隣の地所に金魚の池があったこと。かなりよく覚えているものである。吉田町の千歳座かで、初めて活動写真を見たこと、きわめて初期のもので、シバフに水をまくところだの、帽子をぬぐ下からまた帽子が出て来て、際限ないのでその男がやけになりおこり出すだけの筋のものだったりした。その芝居小屋が火事になった焼けあとを見に行ったこと。一々数えたら不思議なくらいに視覚的に像がはっきりしている。ただ、その周辺を覚えてない。記憶の時間の前後があいまいである。たとえば横浜の港へ行ったことを覚えているが、汽船を見たような気がしない。その日に限って、はいっていなかったわけでなく、見たのを忘れているのだろう。あるいは、すぐそばで見て、大き過ぎて船と考えなかったのか、とにかく汽船を見た記憶がない。海の向こうに鶴見の土地が見えたのを、あれがアメリカかと疑問にした覚えがある。アメリカは海の向こうと聞いていたせいであろう。それから桟橋がいまのようにコンクリートのものでなく、板の橋ですき間をおいて板を並べたものだったので、ゲタの歯をとられてつまずきそうな心配を子供ごころにし、下の海の水がゆれ動いているのが見えるのも、おっかながったことだけ、はっきりと覚えている。すると私も、八歳以前のことは何も記憶がないと言うカザノヴァより記憶力が強いらしく思われるが、人生の途中からあと、ことにおとなになって酒を飲む習慣がついてからがいけない。また仕事の苦労を忘れてしまうために、やたらに酒をあおったようなところもあるが、忘れることには確かに成功した。覚えてないことの方が多い。家人に指摘されて、大切なことに、そんなことがあったのか、と感心する。心細い話である。幼年時代、少年時代は印象が鮮やかだし、記憶のフィルムが感光度が強いのである。おとなになるとずるくなるし、感覚もにぶるものだろうか？　少年の日に読んだ本の印象が老年になってからも鮮明で、中年になってから勉強に読んだものなどは、いつの間にか記憶が無くなっている。だれでもそうではなかろうか？　私はたずねたい。

カザノヴァのように強烈な色彩ある生活を青年、中年の時代に暮らしたものには、幼いときの思い出が色が淡いゆえに忘れ去られ、異常な記憶力を晩年に発揮したのか？　二十年代の青年は、過ぎたばかりの少年時代、幼年時代をいくらでも思い浮かべることができるだろうが、年老いて遠くなるほどいけない。フィルムの切れた古い映画を、ところどころ映して回して見るようなものである。しかし私は後になってから小説の舞台をよく昔の横浜に求めた。そのたび毎に子供の時分のさまざまの思い出が、たよりにも成ったし役に立ってくれた。記憶の小さい破片の中に、私は昔を読み取っていた。世間の人たちが幼い日の記憶をどう処理しているか、ふいと私は気になった。思い出して暖めなければ、やがて自分のものでなくなるのに違いない。しかもこれは自分だけに貴重なもので他人は記憶のないことだ。自分ひとりの財宝なので、失ったら、この世界からなくなるのである。若い時、働きざかりの時は前方だけを見て歩く。その間に、記憶を振り落として歩いている。気がついても拾いに道を戻るわけに行かない。カザノヴァがそれなのだろう。一代を色におぼれて、子供の時代があったことも、感傷もなくしてしまっていたのだ。

(昭和三十六年八月)

古い写真

日本写真協会から手紙がきた。銀板時代から始めて古い写真が若し手もとにあったら展覧会をしたいから借りたいと言う。幼年時代に何か父母のところにあった記憶が残っている。銀板のは祖父のものだったらしいし、焼き付けたのでも團十郎の舞台姿、どこかアメリカの町の写真などあった。それに私がまだ赤ん坊だった写真、山高帽をかぶった父親の側で、おかっぱ頭の五、六歳の私が立っているもの。長兄も居を改めたし、行方は知れない。初期の古い写真機、古写真の蒐集では、とんち教室の石黒先生が第一の名誉と言ってよい。パリのノミの市などで捜して集めたものだから貴重なコレクションである。朝日カメラの最近号に、その一部がカラーで出ていた。また四国のどこかの蔵から新撰組の近藤勇の写真が他にもあるものだが発見されたことをテレビで見た。

横浜は鹿児島を除いて日本における写真術の発祥の地で、弁天通りの下岡蓮杖の写場など、写真も残っている。写場、いや写真屋さんの店として日本最初のもの。居留地に外人たちもおり古い写真は沢山あったろうと思うが、大震災があり戦災があって亡失した。いつか神奈川新聞に紹介された英国の某氏の寄贈を貴重とする貧しい状態である。震災記念館、図書館などにあったろうと思うが、これももはや、今日はこころもとない。丹波恒夫氏の「横浜浮世絵」の如く篤志のひとがあって集めてくれてあるとよいのだが、古い家ならどこにも多少はあって、あまり大切にされなかったのではなかろうか？写真のない家はない。戦争中の疎開にも写真を忘れて焼いてしまい自分の過去の記念が思い出とともになくなってしまったと嘆く話をよく聞いたが、火事にあわない家なら、しまい忘れていることが多いはずである。戦災がなかった保土ケ谷、戸塚あたりや、近郊の旧家に、旧市内よりも古い風景写真も残っていそうな気がするのだが、どうだろうか？　もとの異人屋敷、根岸富岡あたりに数代居ついてしまった外人の家には必ず何かあるだろう。当主が興味をなくしているだけで、邪魔にされて古いトランクの中にでも眠っていよう。そう考えると、鎌倉和田塚にあった帰化弁護士デ・ベッカー小林米訶さんの屋敷など、大震災ではつぶれたが、火をこうむらず家財は無事だったので、吉原の歴史を書いた「不夜城」や「鎌倉史」の英文の著書まである好事家だし、きっと何か残っていたろうにと思って、早くそれに気がつかなかったのは残念である。（米訶さんの娘さんが終戦後のアメリカ大使シーボルト夫人である）

御開港横浜の浮世絵が江戸東京で珍重されたように、新開の港を訪れたみやげに写真という舶来の新しいものが喜ばれなかったはずはない。生糸や蚕卵紙を横浜に入れていた甲州、上州、福島などの土地の旧家、農家の戸棚をさがして見たらお祖父さんやその前の時代のひとの横浜みやげだった写真が何か出てきそうに思うのだが、どうだろうか？　一度、そんな展覧会も見たい。東京にあるものなど、複写してどこかに集めて保存したいものである。

故人となった木村荘八氏が、開化期の文物をよろこんで、さかんに作品に描き、スケッチにも沢山残してあった。明治時代の東京の町の姿や男女の風俗の写真など、どこからか探してきて伊藤熹朔や織田音也などに新派の舞台を作る資料に見せていた。あの写真のコレクションなど、どう成ったか心もとない。ネコ好きの木村さんは、ネコの湯屋の絵草紙を集めていられて、これはネコの縁で私のところにきているが、幕末明治の風俗写真はどこへ行ったか、急に心配になった。心あるひとに、いまから一枚でも見つかったら大切に保存して置いて頂きたいものである。銀板写真など、もはや、どんなのでも風俗資料として貴重なのである。伊豆の下田、越後の柏崎に、この道の数寄者がいるように聞いた。かんじんの横浜に人がいないのが、おかしいようなものである。フランスでは、コクトオが序文を書いて「一九〇〇年」という写真集があり、古いパリの町や建物の古写真を集めた画集もある。日本でも幕末のものなど集めて出版されているが、横浜、鎌倉、神奈川、小田原、箱根など県下のものが居留地の外人の歩く範囲の中にありながら、意外にすくないのである。珍しくないと思ったのだろう。いまの横浜の絵葉書を、横浜市民が特に買おうとはしないように。

（昭和三十七年四月）

オルゴール

横浜の裏通りを歩いていると、オルゴールの製作輸出をする店があった。しもた屋のようなガラス戸をはめた表構えである。自然の微笑がわいた。私のこどもの日の思い出の中にある古い横浜には、このオルゴールの不思議が結びついている。蓄音機以前の、あの、音楽を入れた小箱が、私はなつかしい。また横浜だからその店があるような気がした。

私は英町十番地に生まれて、八つまでその黒い板べいにかこまれて梅の木のある家で育った。近くの、赤門の寺のある丘の続きの赤土のがけに石段を登って行くと渡辺さんというお医者の家があった。政治家の星亭が一時書生にいたこともある有名な医師だったそうで、兄はその名も知っているが、私は自分とおない年の顕さんという子と友だちだったので、よく段々を上ってその家に遊びに行った。大きな家でなかったが、何かの病気で、よく湯殿で、すそをはしょって足だけ、たらいの湯につけて腰かけているおばさんがいた。顕さんのおかあさんだったらしい。家のだれかが、ロンドンかどこかに行っていて、舶来の積み木の玩具や、動物の「はめ絵」を顕さんが持っていた。私を驚かしたのは、厚い表紙をあけると、音楽が鳴り出す写真のアルバムがあったことである。私がオルゴールという不思議なものに出会った最初であった。魔術のような気がして、遊びに行くたびに頼んで見せてもらった。

その時分は、今日のように、洋楽器が、どこにもあるわけでなく、町の生活で耳にする音楽といえば、路地のどこかで聞こえるけいこ三味線のゆるい音じめぐらいのものである。オルゴールの音は、外国を感じさせ新鮮であった。港にきている汽船に乗って幾日も航海を続けないと行けない遠い外国を感じさせた。今日、ピアノやバイオリンを聞いて外国を感じることはないだろうが、私のこどもの日には、オルゴールが遠い国の港や、西洋館や、馬車の走っている町を感じさせてくれた。幻燈でも見るような夢があった。

曲が何だったか記憶していない。ホーム・ソングの中にある古い小さい歌であろう。その後に、日本の歌となってしまった「蛍の光」や、「梅ケ枝の手水鉢」などを聞かせる目ざまし時計にも、やがて出会うようになった。もっと大きなキャビネットでモーツァルトのメニュエットをかなでるオルゴールをよその玄関に見かけたこともあった。その内に蓄音機が現われ、珍しくなく外国音楽を聞くことになった。

初代花柳寿美に頼まれて、昔の横浜を舞台にして「花火」という舞踊劇を書いたことがある。歌舞伎座の楽屋で話していて寿美が化粧にかかるので鏡台の前のおしろい箱のふたをあけたら、急にオルゴールの音色が鳴り出した。こどもの時に帰ったような気になった。オルゴールが好きなのだと話したら、気前のいい寿美がおしろいがはいったままのを、紙につつんで渡してくれた。妻のところに今も形見として残っている。

歌舞伎座の公演がすんで、しばらくすると、寿美が鎌倉まで礼にきて、何か置いて行った。原作料など受け取る気はないが、品物なので受け取った。小さい木の箱のオルゴールであった。今も、私の書だなの上に、そうじしないのでふたにほこりを置いて見えている。この方は、あまりいいオルゴールでなく、玩具であった。おしろい箱の方は実用を兼ねているので、ふたをあけると、ふいに鳴り出すのが面白い。

オルゴールを作っている店を見つけたので、私は自分のこどもの日の横浜の町の静けさを思い、船のいる遠くの港のことを考えた。昔は舶来のものしかなかったし、確かペルリ提督の来朝のみやげの品書きの中にもオルゴールがあったように記憶している。珍重されたのである。やがてオルゴールの製作などは、手の器用な日本人がすぐまねて、舶来品より良いものを作り出し、逆に輸出までするようになった。「サクラ、サクラ」や「梅ケ枝の手水鉢」などの明治の日本の歌がオルゴールにはいった時分から潮が逆になったのだろう。今日、作っているオルゴールにはどんな歌がはいっているのか、私は知りたく思った。この流行歌の全盛時代に、やはり、昔の簡単で可憐につつましい歌を入れているのではなかろうか？　オルゴールには、その方が向く。おしろい箱がふいに「上を向いて歩こう」とやったら、びっくりして、ふたをしめる気になるだろう。いつか私は外国へ行ったら、ほんとうに古いオルゴールを探して手に入れたい。きっと、珍しいのがあるに違いない。

（昭和三十七年十一月）

写真に見る

県の図書館協会の主催で、横浜を中心とした県下の古い風景写真を集めて、有隣堂で展覧会をやるそうである。保存された限りの古い写真が陳列されるらしい。

いったい横浜ぐらい、歴史が短くて、火事の難がたび重なった都市もすくなかろう。海辺の小さい村から始めて、背後の沼を埋め立てて新しく町ができてきたと思うと、明治より昔で、アーネスト・サトウも回想の中に書き留めた豚屋の大火事と言うのがあって、江戸の吉原の形をまねた廓《くるわ》を含めてひろい範囲の町が灰となった。私が知っている限りでも、横浜の芝居小屋は全部火事で消滅している。それから大正の大震災で、それまであった都市がそっくりなくなる。また復興して現代的な都会となる。すると今度は、戦争の空爆と焼夷弾で、ほとんど全部が煙と成った。生まれてから、やっと一世紀の都市の歴史として、世界でもきわめて異例なことであろう。焼け落ちては、その灰の下から不死鳥のようにまた生まれ出たのである。（そのたびに、ちゃんとした都市計画がないから、生まれるたびに醜くごたごたした都市となるのが、また横浜の別の特質である）

パリやロンドンは建て物が石造だから、火事があっても延焼がすくなく、内部は焼けても石の外観は不変である。それでも時代の力で町は変化する。フランスでもイギリスでも古い時代の町の写真を集めて本にしたものが多い。詩人で小説家のポール・モランが序文を書いて一九〇〇年のパリの町の情景風俗を集めたものがあるし、ルイ・シュロンネが「パリ——在りし昔」と題して集めた古写真集もある。これで見ると現在、丘を一杯に建て詰まったモンマルトルの丘などは、風車小屋が立ち並び、ブドウ畑が丘の斜面をおおい、その間に、貧しげな家が点在し、まったくの場末の村とも町とも言えぬ風景なのが面白い。

　横浜の変化は、激しい。描いては消して、また描きなおすことを繰り返した。海岸通りに農家二、三軒しかなかった開港時代、現在の桜木町駅が海で、姥ケ岩と名のある岩礁が海の中で潮に洗われていた時代、異人館と言われた居留地があったころ、伊勢佐木町が芦の茂った沼の中にあった時代、これがつい、八十年か九十年前までである。無事でいても、明治、大正と、目まぐるしく世相が変化し、ヨコハマと言うところが海の外から来る風を真向いに受ける日本の玄関だったから、近代化にも先頭を切っていた上に、古いものが火事できれいに消し取られて、なくなる。また町が新しくなる。古い写真がどこかに保存されていたことは幸運なのである。それがなかったら、もとあった横浜の町の姿など、見る方法がなくなる。鎌倉でも江ノ島でも小田原でも、川崎、溝ノ口、厚木、箱根でもそうである。現代の大がかりな土木工事が、そこにあった山をなくすことも、川や海も埋めてしまうことも容易になってから、昔を見なかった人たちに、もとの土地の姿を視覚化することはできなくなった。

「霧笛」「花火の街」「幻燈」「薔薇の騎士」「その人」と、私は古い時代の横浜を小説に書いてきたことで、薄くなった銀板写真や厚紙の台紙のある黄ばんで消えようとしている古い写真に、いつも夢を感じてきたものである。今とくらべて昔のヨコハマの町は決してきれいなものだったわけでない。美しく静かな整頓は、古くから城のあるどっしりと基礎を据えた都市にしか見出せなかったろう。横浜は、新開のもので、仮普請でも活気にあふれ、江戸、東京からも人をひきつけた町であった。

城下町でなく日本に発生した町は、横浜のほかには、堺、長崎、神戸よりほかにない。外国と出会うためにさかんと成った都市であった。生まれてわずか百年の町なのにその折々の変化の襞を、散り敷いたボタンの花びらのように重ねて明るい影を抱いている。数十葉の古い写真が、集められて、その時々の影を覚えさせてくれることだろう。楽しみである。

この展覧会が刺激となって、知られずにしまってある古い写真が発掘されるようになれば、さらに幸せである。

（昭和三十八年三月）

カーニバル終わる

カーニバルが終わった。と言って鎌倉カーニバルのことである。道路がせまく、自動車が氾濫するので、やめるとのことである。やめてよいのである。広告本位となり、夏の町を暑苦しくさせるだけのものと成っていた。しかし、やめるとなってから考えて見ると、それ相応の歴史ができていたと気がつく。全国的に形をまねられて祭る神様のない祭礼の元祖となっていた。地方では観光宣伝祭りの意味である。

鎌倉カーニバルについて言えば、はじめ、神はあった。祭神に海の神のネプチューン。地中海の紺碧の波から誕生した美の神ビーナスなどの人形が考えられた。それよりも、創始者の頭に、芸術の神像が空想されていたようである。海の祭りを兼ねて、美術家や文士仲間のつどいをひらく。まただれも私小説的で社交性のなかった日本の文壇、画壇で横の連絡のある夜会を集まって鎌倉でやる、ばくぜんとそんな目的であった。

文壇の中で顔がひろく、おんど取りが好きでもあり、じょうずでもあった社交家の久米正雄がいて、文壇野球、鎌倉老童倶楽部のバリアンテとして、東京の連中にまで檄《げき》を飛ばして盛夏の鎌倉で祭りをやろうと言う話。海のカーニバルと名付けたのは、今まで白状したことはないが僕である。久米正雄がその時分は今と違って文士にまれな外遊から帰ったばかりで、言わば洋行帰り、南仏のニースのカーニバルを見てきて、祭りの仮装行列の番付けなど持っていたので「こうできるとな」と首をひねって、独特の微苦笑をもらした。町ごとに仮装を出す。それと主神。つまり、これを山車《だし》にして、各々一城の、長屋の主で、てんでんばらばらに暮らしている文士画家が寄る。今日考えると人があやしむだろうが、小さい仲間の集団はあっても、からりと開けひろげた、芸術家ならだれでも顔を出して仲よくできる会合など昔はなかったので、それを鎌倉の仲間が主人役になり画家だろうと音楽家だろうと集まって夏の一夜を「飲もう」。そのために、海の祭りを昼間行なう。そのころ久米さんは確か町会議員をやめた後だったろうが、石橋湛山が町会にいた。つまり祭りは表看板で、神々の集まる夜の宴の方がほんとうの目的で、鎌倉のカーニバルが始まったのである。

町役所に話は通じても町のひとに氏神のものでない祭りの意味は通じない。将来、大きな行事になるものだと理解を求める方法もない、久米がまた何かやっていると言う陰口になって他の町会議員はそっぽを向いている。確か、町から経費として、二十円か三十円だけ出た。ほんとうの話で、今と貨幣価値は違っていても、二十円か三十円であった。手本を見せることだと思って、私は自分の住む雪の下の青年団の人々を説き、（当時の青年は今は皆、一家の主人となり頭に白いものを見せてりっぱになっている）私の横浜の飲み仲間の画家の今泉俊次が、器用で紙の仮面など作るのを呼んできて、私の家に泊まらせ、第一回には、仮装行列、第二回には、巡業動物園と、ライオンやクマや、キリンや、いろいろの動物、オリ入りのものなど、はりぼてに絵具を塗って作って青年たちがかぶって炎天を行列に出た。これが多少、各町内にカーニバルの仮装がどんなものか理解され、年々趣向をこらして参加するようになり、優秀なものにカップが出た。コマーシャルの参加は、三、四年後のことで、最初は町の青年だけであった。

われわれの本番は夜であった。菊池寛や、吉屋信子、佐々木茂索が東京から来るし、湘南の洋画家たち、藤原義江、小唄勝太郎、そのころの映画の男女のスターなど、はでなのが集まって歌ったりおどったりして、そのころには珍しい芸術家たちの集まりとなり波の音のする海浜ホテルの夏の夜を楽しんだ。上海事変となり、この宴の方は影を消し昼間のカーニバルの行事だけ残り、久米さんが神主の姿で笏をかまえて人力車に乗って参加したが、その時分からコマーシャルの方が優勢になり、規模の相違から町内ごとの青年団は仮装に参加しなくなった。これに代わって、目立った参加は、年々の漫画集団の仮装である。集団で前夜から鎌倉にきて寺に泊まり込み、漫画家らしい奇抜で思い切った計画を自分たちで出陣して、炎天の街頭に見せた。自動車の行列でなく、徒歩の白兵戦である。

ミス・カーニバル、各映画会社の競争演出は戦後のことだったろう。久米さんがなくなったあと、公共化し、範囲の拡大したカーニバル――つまり文士画家のつどいではなくなってからのカーニバルの演出を主宰したのは、上森子鉄の手腕である。鎌倉カーニバルは、文士たちの気まぐれでできることではなくなっていた。その上に文士たちは、久米さんを例外としてだれも地道に熱心にカーニバル昼の部に出たわけでない。

今年の夏の入り口に、初期のカーニバルの祭神の山車の人形を作ってくれた画家の今泉俊次君がなくなった。鎌倉海老に乗ったベティ・ブープ、帆立て貝から誕生して立ったビーナスの立像など、当時としてはモダンでバタ臭い題材を作ってくれた。本来画家だが、画の方は商品にしないで、輸出用のクリスマスの装飾など作って、生活する金がはいると、横浜の風物が好きで写生にきて日が暮れるまでスケッチして、夜になると喉をうるおしに酒場マスコットの入り口のドアを押してはいってきた。若かったし、のんきで良い時代であった。何よりも、皆が、自分が貧乏なのを別に不名誉ともしないで堂々と暮らしていた。今泉画伯はその一人である。

今泉俊次が死んだ年、この夏に鎌倉でカーニバルが幕を閉じた。何か、つながりがあるような気がしないでもない。金を持たないと人間でないように人間が信じ込む時代にはいった。

（昭和三十八年七月）

地震の話

夏以来、日本の民間信仰を研究にきたイギリス人のお嬢さんが、私の家を足だまりにして出羽三山や木曽の御嶽へ混んだ汽車の二等車で、旅行を続けている。南部の恐山にまで出かけて行ったのには、恐れ入っている。

「四年前に伺いました時、拝借した机がございましたら、またお借りしたいのですが」

と、発音のきれいな日本語で、文字どおりに話すひとである。お嬢さんだが、福沢諭吉の研究で博士となり、現在はケンブリッジ大学で日本語を教えている。休暇で日本にきたのである。

いつもこのお嬢さんを収容する私の家の別棟が、カヤぶき屋根である。地震がある場合を考えて、私からお嬢さんに注意した。

「すこし大きな地震があったら、すぐ庭に出てください。家が倒れると、カヤぶき屋根は椀を伏せたようにかぶさって、外に出られなくなりますから」

カーメンさんは目でうなずいてから、疑うようにして尋ねた。

「地震って、どんなですか？」

なるほど彼女のイギリスには地震というものがない。「強い地震が来ると家が揺れて、どちらかへ傾いて、つぶれてしまう」

と、あまりうまい説明でないが、私は言った。

「前の大地震の時、トタン屋根の家だけは頭が軽いから倒れなかったが、瓦のものは、たいてい、地面につぶれたんです。二階のある家は下がつぶれて平屋になったように二階が地面にすわっていた。見たひとの話だと、揺れている間に、柱など、もまれて裂けてササラのようになって、屋根の重味が傾き落ちて来ると言いますね」

カーメンさんは、おそろしそうに首をすくめてから言った。

「信じられませんわ」

たしかに信じられない。私は長谷の大仏裏にある藤浪別荘が倒壊して、屋根に伏せられた留守番のお内儀さんを助け出すのに駆けつけて、炎天で屋根の瓦を除き、穴をあける作業を手伝ったので事実として知っている。余震で揺れて、屋根がまだガタガタ鳴る中であった。

今年は大正大震災から四十年とのことである。四十歳のひとならあの大震災をまだ赤ん坊で知らず、四十五、六のひとがわずかに幼い記憶を持つ勘定になる。鎌倉、横浜がどんな風にこわれたことか、現在、土地に住んでいる者の大部分が知らないことになる。鎌倉市図書館では、当時の鎌倉の社寺が受けた災害の姿を、写真で今日の分と対照して展観するそうだから、鶴岡八幡の舞殿が石段の下に屋根を伏せたようにつぶれている実況など見ることができよう。ひどく重いはずの長谷の大仏は一尺ほど前にのめって、台石を押し出していた。

津波は稲瀬川、滑川など、河底で土地の低いところからはいってきて上流で氾濫した。英文学者で自由人の厨川白村が足が不自由だったので、人に背負われて逃げる途中、海岸橋で海から来る津波を受けて不運にも水に没してなくなった。津波の来る時、海岸に出ていたひとの話だと、沖まで潮がひいて、一度、海がなくなったように一面の砂地になり、その後に沖が黒くなり、山のような浪が押し寄せてきたと言う。火事は二ヵ所にひろがった。家が倒れて続いているのと、消す者がないのだから、しばらく燃え放題であった。それでも鎌倉は庭のひろい家や空地があったので、横浜ほどの大火とはならなかった。（私は今でも公共のために個人の庭の保存論者である）

私はテーブルに向かって仕事をしていた。大きな地震の経験がないから、これはひどいと思いながら、小学生の時分、先生から机の上のものがころがり出さぬ限りは地震でも心配はないと聞いたのを覚えていて、家人を制して平気でいたらテーブルの上のインキ壺が、ネズミになったように走って落ちたので、出ろと叫んで、大またで庭に飛び出した。ミシミシ、ギシギシ鳴動する中に、私がとび越えた敷き居と縁側とが離れて口をあき、縁の下の土と、そこにさす日の色が見えたのをよく覚えている。その時、すぐ私の家はつぶれたはずであったが、大工の建前の式の柱が立てかけてあったのが支柱となり、倒れて来る屋根の重量をささえたので、なかば倒れたまま、くずれ落ちるまでにならなかった。まったくの命びろい、あの時ほんとうは死んでいたものと思うことがある。屋根の重量を受けた柱の根は、畑の地面に深く突きささって沈み込んでいた。

大仏の通りも長谷通りも今の半分ほどの広さ。由比ケ浜通りは現在の三分の一の道幅だったろう。不思議なのは、両側から家が倒れてきて、折り重なっている中に、まるでおでこを突き合わせたように両方でもたれ合って立って、トンネルを作っているのがあったことである。人力車が通れぬくらい、場所によっては人間が軀をはすにしてくぐって通ることもあった。これに火事がひろがって行ったのである。

私は今でも地震がおそろしい。そのくせ背丈より高く積み上げた本の中で、足の踏み場もなく朝夕を暮らしている。

（昭和三十八年九月）

老人の日に

この間、早稲田大学で学期始めの講演を頼まれて、すぐ疲れるから三十分だけと断わって、出かけた。二階の席の後がすこしあいていたが、階下はいっぱいで立っている学生が多かった。

私は、横浜の小学校にひと月半ほどいて、あとは東京牛込に移った。長兄が神中を卒業し早稲田に通い始めたので、その時代の交通事情で通学に都合よいように家中で東京に引っ越したのである。私が八歳の五月で、まだ日露戦争の最中のことである。雨の中を人力車に母親とひとつ乗り、昔の横浜駅、今の桜木町駅に出て汽車で東京に向かった。

兄の早稲田の同級に越後の相馬御風さんがいて、まだ独身で下宿していたので、よく私どもの家に遊びに来て、小学一、二年の私を連れ、神楽坂の縁日に連れて行ってくれたり、近所の湯屋に火事があった時は、相馬さんの背中におぶさって火事を見に行った。相馬さんは、早稲田の校歌「都の西北」を作ったひと、後に良寛の研究で知られたひとである。

若い人たちに向かってそんな話をしていたら、私の思い出は六十年前の牛込に戻ってしまった。牛込と小石川の間を流れる江戸川は草の土手で、サクラの木が植えてあって春はお花見で人でにぎわったこと、人家は石切橋までで、そこから早稲田寄りは、まったく一望の田圃、今の椿山荘の下に関口の大滝と言う野川が背の低い滝になって落ちていて水車小屋が一軒あり、そこから早稲田大学まで田圃続き、榎町に森があって神社があったこと。

ふと気がついて見ると自分には貴重でもこんな昔話が年の若い現代の大学生に何の興味もなく迷惑なだけだろうと考えて、話を転じてしまったが、話をしながら演壇の上の自分と、今の大学生諸君の世代との年齢だけでなく、あり得る心の遠い隔たりようを、考えまいとして考えずにはいられなくなった。つまり、なるほど、おれは爺になったと言うことである。たとえば、ここで私が東京の品川から鈴ケ森を通り、横浜まで歩いて来たことがあったが、その時、鶴見生麦のあたりは畑の中にマツ並木があり左右が土手で狭い東海道を歩いたと話したら若い人たちはそんな昔のことが何が面白いのかと、そっぽを向いてしまうだろう。

ところで私は東京へ行く電車の窓から六郷の川原のゴルフ場を見ると、あすこが、すぐに水につかる草原で、二百十日、二十日の嵐のあとなどには、毎夏のように街道の木橋が落ちて流され、鉄道の橋の方はレンガの橋脚で落ちなかったが歩いて渡る者のために渡船が出たのを、昨日のことのように思い出すことが出来る。川崎の宿は短い一筋町で、人家のすぐ裏がウリ畑やナシ畑だったので、今のビルディングや煙突の林立、工場地帯のガスに曇った空を見ると半世紀間の変化の激しさに思わず微笑を禁じ得ない。

泥だらけの六郷の川原から土手に上ると、ナシの畑で人家はなく、蒲田に近づくと黒板べいで囲んだ梅屋敷と呼ばれたのが、道の左側にあった。私人のものだったのかウメの名所で江戸時代から知られていた。幕末の英国人（アーネスト・サトウ）が書いたものにも梅屋敷のことが出ている。江戸に出る途中で寄って休み、いくらかあやしげな化粧した女たちがいて給仕したと言うのである。現在ではどの建て物がある地点なのか、見当がつかない。たくさんあったウメの木が、どこへ行ったのかも不明である。大田区史など見たら、梅屋敷が何だったかもわかるのだろう。川崎から川を渡って、あまり遠くない道ばただった。

　生麦あたりは、まったくの旧東海道の面影をとどめて、土手のあるマツ並木の道で、確か生麦の異人殺しの石碑が建ててあるのを見たように思う。その道が、浦島山が近かったが、現在のどの辺にあたるものか、今の私には電車から見て、わからない。今の鶴見、川崎に住む大人口は、ほとんど全部、新しく移って来た人たちで、梅屋敷にも、秋口の風雨で六郷の橋の落ちたことにも、わずかに残っていた昔の東海道にも無縁のこと、雑踏し繁昌する現代生活の海の中にいて、そんな昔のことなど興味を抱くだけのいとまもないであろう。

私は、つい昔話をしてしまう。だが、これは私が自分で行って見たことだから、考えても楽しい。今日の姿とくらべて見ていよいよ興趣深く感じられる。自分で見たと言うことが貴重なのである。他人から聞いたのではいけない。自分で見ておくことである。

三十分と断わってあった私の話は一時間になってしまった。後半は文学の話をしたのだが、昔話の部分が長くなって、話すのがきらいな男が本題に戻るのに余計な苦労をしてしまった。きらうだけあって、やはり話下手なのである。

（昭和三十九年八月）

横浜の芝居

神奈川県立図書館が不定期に出している雑誌「神奈川文化」は、非売品なので宣伝もしないし、あまり世間の人に知られてない。一度読めば、すぐ紙クズとなるような刊行物がおびただしく多い中で、これは出る毎に心をこめて編輯した優れた出版であって、郷土に愛着を抱く人々に必読のものとなっている。県当局なり教育委員会から、もっと大切に考えて欲しいのである。

私などは、この「神奈川文化」と、鎌倉で沢寿郎君、貫達人さんなどが赤字を出しながら私費で続刊している季刊誌「鎌倉」を、よその府県にない立派な文化活動で、中央に向かって自慢してもよい仕事と以前から悦んでいる。

「神奈川文化」は、郷土史の研究発表とともに、民間に残る文献、断片であっても残されて貴重となった資料の紹介をしている。神奈川県だけで流行って、最早消えてしまった俗謡なども把えられる。これは、神奈川が江戸なり東京と別に関係なく独自の文化を持っていたと言うことなのである。

最近号の第七号に、石井富之助氏の「明治以後小田原劇場物語」と言う、丹精してくわしく調べた記事があって、私はもとから、同じことの調査を横浜の芝居についてだれか今の内にやっておいてくれないかと夢見ていたので、石井氏の報告が極めて興味深く、よい仕事をして下さったと有難く思った。すぐ昨日のごとく思われるが、明治は遠くなりにけりで、横浜が東京から離れて、横浜の芝居小屋を持ち、東京の俳優を呼んで興行をしていた過去のことを、よほど芝居好きの老人でないと、もう知ってない。現在のように発達した交通の下で、短時間で東京へ往復できては、映画は別として仕込みに金がかかる舞台劇を上演出来る劇場が、横浜ではもう成り立って行けないし必要もなくなった。三十分で都心にある劇場へ行けるからである。「声色も小田原までは通用し」と言ったほどの、中央の文化の出開帳があって、九代目團十郎や、五代目菊五郎、初代左團次などを迎えて小屋をあけさせて明治の横浜の財力ゆたかだったけんらんたる時期、同時に先代の延寿太夫のような名人を育てあげて中央に送り出したような芸事熱心だった古い時代を今の人が最早知らないし、更にくやしいことは青々園伊原敏郎氏の八巻四千ページにわたる「歌舞伎年表」にも、東京、京、大阪の記事はもれなく出ていても、横浜の興行のことはまれにしか記されていない。

実は、そのころ、東京の芝居好きが、わざわざ、泊まりがけや汽車で横浜まで、芝居を見に来たのである。ずっと時代が新しくなって前の帝劇が出来、夫婦役者で、類のない名コンビとうたわれた十五世羽左衛門と、先代の梅幸とがそでを分かって、同じ舞台で二人の芸を見られなくなった時期に、東京を離れた横浜の劇場では、それが許されて両優の共演が実現された。芝居好きがこれを見ぬのは恥として、わざわざ横浜まで見物に東京から人が来たのである。その大当たりを見て、松竹も帝劇も、ふたりをもとの夫婦仲に戻して、特に世話狂言の粋を東京でも見せるように興行方針を変更したくらいで、この場合、歌舞伎の歴史、劇場史の上で、横浜が果たした功績は大きい。開港以来、三つも四つも劇場があって、それぞれ盛衰興亡があったことも、当時を知る故老がいなくなったら、中央と違って記録を、当時の土地の新聞の古いのがどこかに保存されていたら、その中からさがし出すよりほかはない。やっておくなら今の内だと言う気がするのである。

歌舞伎座の廊下で、横浜育ちで朝日新聞の劇評を書いている秋山安三郎さんにその話をしたら、まったくこれは今の内にやらぬとダメだし、現在、歌舞伎の権威で八十翁の遠藤為春さんが、以前は横浜で劇場を経営していたから話を聞くなら今の内だ。それに硯友社の一員で、横浜の生活が永く初期のオデオン座——当時これは東京にもなかった洋画常設館だったので、これも評判で東京から人が見に来た。その活動大写真時代にオデオン座の外国映画の批評を新聞に続けて書いた磯萍水氏が目黒に健在のはず。あのひとあたりに聞いたら横浜の芝居の事情がわかるのではないかと言う。

もう一人は、同じ鎌倉住まいで、若い日には六代目の相手役をした女形の尾上多賀之丞さん、これももう八十歳に近かろう。しゃんと背中を立てた和服姿で日和下駄をはいて横須賀線の電車に乗って来る。「ええ、存じておりますよ。横浜の小屋にはよく出ましたから」と言う。

方法を考えるつもりだが、私はいそがしい。何とかならぬものだろうか？　同じ横浜でも場末の小芝居での町に人気のあった名優たちのことなどでさえ、最近まであったことながら、テレビの時代にはいってから、早く記録しておかぬとなかったのと同じことになろう。はなやかなものだっただけに、一部の人の記憶にとどまる影だけのものとなって、あとかたなく消えさせてしまうのは、はかない。

（昭和四十年六月）

異人館

幕府から明治初期の異人館、と言っても今のひとにはもう意味の判る単語ではなかろうが、錦絵にもなったくらいに当時、新鮮でハイカラのものと日本人に見えた居留地の外人住宅の古い建て物は、もう横浜には残っていなかろうと思う。木造建築で、羽目壁にペンキを塗り、窓には鎧戸をつけて、一種の趣ある姿だったが、大正の震災までは山手の丘や谷戸坂、お代官坂あたりの崖の陰に見たように記憶する。

外国風でハイカラなのに妙に陰気で何か秘密ありげに感じられたのは、日本の家が開けひろげて、光と風を迎えているのと違って、壁でかこって箱のような造作に四角い窓をあけてあるだけで、家の中の様子が見えにくい外観から来る印象だったのか？　現代の欧米式の住宅は、窓など大きく、ずっと明るく、外と通じて開放的なスタイルになっているが、ざっと一世紀近く昔の洋館は、それこそ、白人が気心の知れぬ未開のアジアの国々にはいって来て、警戒する気持ちもあって、彼らの本国の生活よりも外部と遮断した窓に鎧戸、戸口に厚い扉、鉄門や番犬を置くことを考えたものだったのだろう。

幕末に日本の開港地にはいって来た建築様式がもちろんこれで、最初は攘夷浪人の大刀をさしたのが乱入して来る夜を恐れたものだろうし、面白いことはインドや東南アジアから南支の港々に建てた家屋の様式がそのまま持ち込まれたことである。熱帯の強い日射しを避けるために、屋根のひさしを長く出し、その下に広い廊下をテラスのようにめぐらせ、もう一重の壁の中に、実際の屋内、居間や食堂や寝室がある。つまり出来るだけ、太陽熱に遠いところで生活するように成っている。窓の鎧戸だって、その意味でガラス戸の外に付けたものだろうし、南向きの二階のテラスでもそれで、永い一日の終わり、日没後に椅子をおいて涼む場所になり、竹や布の日除けの幕がおろせるように成っている。

現在、ジャバやマラッカ、ピナン、またインドのマドラス、ボンベイ、カルカッタなどに残るイギリス人、オランダ人の旧住宅が、堂々たるコンクリート造りになったものでも、この南国風の形式を一様に残しているのを見ると、彼らが沿岸づたいにしだいに極東にはいって来ながら、この建て物を遠く横浜まで持ってはいって来たのだと、一目して知れたものである。ただ長崎、神戸より北に上って横浜まで来ると、さすがに気候が違うので、熱帯様式から離れたのは自然である。

ほんとうの異人館くさい異人館は、やはり神戸どまりで、横浜にあったのは、日本の様子がかなりはいって、テラスになる広い廊下など見られなかったように考えられる。（私の見た範囲では、である。古い写真で見るヘボンの旧宅や病院にはこの型が採用されてい

たように思うが、どなたかに教えていただく前に断定は下せない）

この八月の始めに、私は十年振りで長崎に行き、町の様相は御同様に現代化されたが、原爆のような破壊的な被害をこうむりながら、古い異人館くさい異人館がまだ、朽ち木のようにかなり残っているのを見て楽しかった。例の歌劇マダム・バタフライに無理にこじつけられているイギリス人グラバの旧邸は、建て物も庭園もその代表だが、そのほかに、屋根が破れてほとんど倒壊しそうになって外地引き揚げ者がはいって住み荒らしているのとは別に、まだ、かなりよく保存されてもとの様子を残しているのが目についた。活水女学院の門と向かい合っている建て物（女学院で宿舎に使用しているらしい）など、完全な南方の外人住宅の典型で、日から遠く、涼しく暮らせるように、屋根のある広い廊下をめぐらし、素どおしの空気に庭の芭蕉の葉や、カンナ、ビーゲンビルらの紅の花がのぞいて見える。明治のエキゾチズムとはこれだったのだと感慨を覚えるくらいである。

観光客の長い列がない時のグラバ邸に同じことが感じられよう。海を見おろす客間と並んで、屋内に温室植物が作ってあって、その背後が食堂で、廊下がキチンに通じる。幕末時代にちょんまげ頭の坂本竜馬や、勝海舟、西郷隆盛などがここを訪ねて、主人のグラバと、軍艦を買う相談などした折りに、通された部屋なのである。

人に聞くと、長崎は絶対に地震がないところで、また地形のせいか台風の被害も比較的すくないと言うが、明治初年の居留地の建て物が、各国領事館だったもの、外国銀行だったもの、税関、警察など、現在は他の人たちがはいっていてもまだ破壊されぬ外形をとどめているのが、目的なく町を見て歩いていて、たいそう面白い。幻影か、幻燈の中の街を歩いているような気持ちになることがある。三尺幅の石を敷いた古い歩道も道ばたに一部残っている。

横浜がこれをなくしたのは残念である。まだ、開化の昔らしい面影がある街が一部だけでもどこかに残っていないものだろうか。

（昭和四十年八月）

真昼の幽霊

今日の生活から考えて、古い異人館のことなど持ち出すのは、明るい真昼間、幽霊の話でもするようなものには違いないが、やはり長い歳月が付けた佗びたはなやかさがあって、他では得難い美しさがあると信じる。明治のエキゾチズムの名ごりと言おうか、日に適当に遠い小暗い中に、白いスカートの衣ずれの音を聞かせる目の碧い美人の幽霊など住まわせるのには、どんなに似つかわしい建物だったことだろうか？　現在では新しく建てる気まぐれのあるひともなかろうし、残っている家も古くて、がたがたになり、屋根の雨もりやゆがみの来た床に現代生活の電熱器にしろ冷房にしろはいりにくく、住むひとは修繕に追われて苦労しているだろうことと思う。

長崎に多く残っている建物の一つなどは、外地から引き揚げてきた人々を入れたので、老朽した建物が粗末に手荒くされるので、いっそう破壊の度を早めているのを見た。屋根など破れて穴があいたのに、防水ゴムの布をかけて、石をおもしに置いてあるくらいに断末魔の様相である。仲間の中には国宝や重要文化財に指定された建物もある。人間と同じで運不運のけじめが烈しいのである。

神戸でも、やや完全に残っている異人館を修復したり、他の場所に移して保存するように市役所が努力している。私は気がつかずにいたのだが、神戸市の建築局に勤務している坂本勝比古さんと言う建築技師のひとが、異人館に興味を持って以前から研究し、かたわら旧ハッサム邸のような明治の建物を移築復元の工事などせられたが、全国――長崎、神戸、横浜はもとより、京都、福井、東京、函館などの異人屋敷の絵図や古い写真を集めて『明治の異人館』と題した見事な本を出しておられたことである。建築様式や沿革の研究から、年表と外人建築家の滞日一覧表まで付録としてあって、まことにいたれりつくせりの近ごろ珍しい本である。これも今日やらなければ、腐滅して行く異人館とともに、後では実物も見られぬ時が迫っていた。良い仕事として高く認めなければならぬ。神戸市役所にも、都市の過去の歴史を大切にする愛情ある心づかいがあって、坂本氏の研究をバックしたことと察せられる。

この『明治の異人館』の横浜の部分を見ると、私たちも知らない幕末明治の異人屋敷の写真が、ずらりと出ているのには驚きもし悦んだ。海から見た海岸通り、山手のフランス兵営、文久二年の天主堂、列国公使館、明治初年の居留地一番館、二三三番のメーソニックホール、ゲーテ座、明治六年のグランドホテルと、増築された明治二十年代の同じホテル、公園のクラブと音楽堂、山手の外人住宅のいろいろ、メモリアルホール（神学校兼教師館）、居留地二五番のユナイテッドクラブ、ロイヤルホテル（明治三十一年）、オリエンタルホテル、その他の建物の写真である。山手のベネット邸や六十番の屋敷に、私など見て特にインドベンガル地方に発達した正面にベランダのある列柱廊風の南方の建築の特徴が移されているのを感じる。

　まことに今は彼らは影かたちもないのだが、あったのだなあと、玉蘭斎などの浮世画にしか形が残らなかった幻覚のような風景を、熱心に私は見る。長崎の居留地にいちじるしく、神戸の山手や須磨にまだ少しく、いつ倒れるかと案じられながら残っている暗緑色の異人館が、ずらりと横浜の海岸に並んでいるのである。

　長崎へ行って帰って来たばかりで、無用無益の文章と知りながら、この欄に「異人館」と題して、はかない郷愁だけの感想を記したら、読んでくださる方もあって、すぐに手紙で答えてくれた。もとより未知の方で、しかも明治浜太郎と名乗って名前も隠していられるが、震災にも戦火にもかかわらずわずかに今日に残った異人館が横浜にあるのを知らせて下さったのである。私が足を運んで見てから報告するのが順序として正しかろうが、明治浜太郎と名乗るような洒落た方の御親切を、そのまま、ここに取り次いでも読者は許してくれるだろう。

　一つは、亀の橋を渡り地蔵坂を上り、煙草屋の角を曲がって、石段を昇って両側にある二軒（山手町二十番地）、も一ヵ所は、三渓園の入り口を左にはいり岡崎工業会社の横浜寮とその前の家。

山手町にあるのを市役所で買い取って、港の見える丘公園に移して異人屋敷として保存してはどうか、と明治浜太郎氏は言われる。もとの形がよく残っているものなら、私はもとより大賛成。神戸の市役所が努力して行なっていることを、神戸ほどに明治の異人館が残ってない横浜市が、もっと早く考えてよかったことである。明治浜太郎さんが知らせて下さったもののほかに、横浜にはもうないのだろうか？

またしても白昼に幽霊を出す話と相成った。

（昭和四十年九月）

梅屋敷

これまでに同じ夢を幾たびか見た。十年も二十年も間が経ってから、ふいにまた見るので変な気がする。前と後がない。神隠しに遭った子供のように自分がどこかの古い寺か堂の土間に立っているのに気がつく。建物の中は柱や賽銭箱と床の一部が見えるだけで、仏壇のあるあたりは暗くて見えない。建物の外は夕方か曇り日の薄い光なのである。どうやって私がそこに来たのか解らず、いつも連れはなく、ひとりである。また来た、と私は思う。そのあとで妙に可怖《こわ》いような気がして来て目が醒める。

いつも同じ場所だ。どこか、そう高くない丘の上に繁みにつつまれて在る堂である。同じ場所なのは、子供だった私の頭によほど深く印象が残っているせいに違いない。どこだろうか？　子供の時代に横浜に家があったから、横浜の中のどこかか、連れられて郊外に出た時に、見たものだろうか？　母親や叔母など、連れと離れて私だけが行って、ふいとその堂に入り、人がいない内部を見て可怖くなって連れのところに帰ったのを、子供なのでまたすぐ忘れてしまったものなのか想像をめぐらす。こんなにまざまざと記憶している場所に、私は、いつか、偶然に行くことでもあったらどんな気持ちがするだろうか？ほんとうに在ったのか、ないのか判らないその堂が、現代では失くなっていると見ておくのが正しかろう。土地の変り方がはげしい。私がそこへ行くのは同じ夢をまた見る時であろう。もう、十年あまり、見ないでいる。だが、またいつかその内に見そうな気がする。

この夢と同じような心持で思出すのは、蒲田の梅屋敷のことである。たしかに私はその側を歩いて通って、長い黒板塀と、入口の冠木門を見たような記憶を持っている。東京から来て右側の畑の中に東海道の道路よりすこし低くあって、板塀そのものが道路から低く見えたような気がする。冠木門から奥をのぞいて梅の木の間を通る道を見たように記憶するが、まだ十歳前後の昔のことで、それこそ夢の中の景色のようにもうろうとして、とりとめがない。私がその外を通ったとしたら、羽田の稲荷か川崎へ歩いて遠足に行った時である。一度だけ子供の足で東海道を横浜まで歩いたことがあるから、そのときのことかも知れない。

蒲田の梅屋敷は、もちろん、あの辺が開けて人家で埋った今日では、残っている筈もなかろうが、郷土史や、また東海道を歩いて上り下りする紀行の中に出ている筈の実際に在ったものである。アーネスト・サトウが書いたものにも梅屋敷に寄って休んだ話が出ていたと思うが、この間はタウンセンド・ハリスの日記の中に在るのを見た。

ハリスが日本に来て一年と八ヵ月目に、初めて伊豆の下田を出て、江戸に将軍に会いに行く途中のことである。

「私は十一月三十日の日記中に、我々が担夫を休息させるため、川崎から三里の大森という村で休止したことを書きもらした。私は、一軒の非常に綺麗な茶亭へ案内された。それが梅樹の多い立派な庭園の中にあった。これらの樹は、果実を目的としたものでなく、花を目的としたものだ。梅花は日本人にとって大変美しいものとされている。往々にして巨大なものがある。その花弁は種々の方法で、すなわち砂糖や塩などによって保存され、砂糖漬けにしたり、茶のようにして飲用されている。その庭園には例によって小さい池や堀割、小橋、岩石などがあった。私にとって極く珍らしいと思われた植物を見たが——それは、『完全に方形な』竹である。私はこれまで、こんな種類のものを見たことがなかった。はじめは人工的な方法で作ったものだろうと思ったが、それは全く天然の産物で、なんら人工を加えたものでないことを確めた。

　大層美麗な趣をもっている数羽の真鴨を見うけたが、およそシナの『マンダリン・ダック』のように麗しかった。庭園の小さい池の一つを泳ぎまわっていたのである。

　その場所の名前は『梅林又三郎』すなわち『梅樹の家』で、花時、江戸の人々の愛好する遊園地となっている。」（坂田精一氏訳「日本滞在記」）

「梅樹の家」と訳してあるが、「梅屋敷」の呼び名があったのである。日本側の記録には、「川崎宿出発、北蒲田村梅林又三郎方に休む、亀田竹を見うけ五大州絶品の竹と申し、写真にいたし」と書いてある。アーネスト・サトウの記書には、日本の女たちがいて芸者のように酌をしたとあったように記憶する。

私は、たしかに梅屋敷の外を歩いて通った。埃の白い街道の片側に、黒塀が続いて、冠木門があって、青い葉をつけた梅林を見たように思うが、夢でそれだけ見たような心持しかしない。前のよく見る夢と同じことで、蒲田の梅屋敷は私にとって、明け方の白い色につつまれている。しかし一面の畑の中に黒塀にかこまれて島のように在った、と覚えている。

（昭和四十二年七月）

丸善の私

最初に私が知った洋書の店は、神田の錦町にあった中西屋書店で、日本橋に丸善のあることをまだ知らなかった。

大正四年まで、日比谷の中学に居たが、上の学校の入学試験の準備に神田の研数学館や、斎藤秀三郎や佐川春水が教えている正則英語学校の夜学に、中学の放課後に通った。神田で古本屋歩きを覚え、次いで中西屋のような洋書専門の店があるのを見つけた。最初はおそるおそる扉を押して、後にこれが受験生の乾き切った日々の心地よい休息所になった。国内の英語教科書でない外国版のリーダーがそこにあって、きれいな三色版の挿画が目を悦ばせた。同じく絵入りの童話や、外国地誌の本があったのを、小遣銭があると買って楽しんだ。後にラッセルの「自由への道」や、クロポトキンの本をこの店の棚で見つけたが、中学生の時に買ったのは、空色の装幀のメーテルリンクの「青い鳥」の、手に持って軽い英訳本であった。往来から入ると真昼でも薄暗い本棚の間に入って、何となく西洋の匂いを感じながら、本を抜いて手に取って見る。その頃は客もすくなく、若い店員もお店者風に和服でいたような記憶がある。

この中西屋が、やがて丸善の神田支店になった。一高の寮から散歩に出ると、こことフランス書専門の三才社、仏蘭西書院が小さい遊星の軌道となった。日本橋の丸善へ行くようになったのは、大学生になって散歩の区域がひろがった後である。今日から考えると、日本橋の店でもフランスの図書は置いてある数がすくなくて、南側に近い隅の棚の一メートル幅の七、八段しかなかった。文学書は、メルキュール・ド・フランスやカルマン・レヴイ、フラマリオンのものが多く、ダヌンチオやヨハン・ボーエルの仏訳本が幅をきかせていたほどである。私はここで、アンリ・ドゥ・レニエの詩集や小説を見つけ次第に買った。ロマン・ローランの「ベートオヴェン」「ミケランジェロ」「ジャン・クリストフ」も手に入れた。当時、ローランの本では、どうした浪のいたずらか、初版の五十部、百部限定の紙のよいアンカットの本が、二部とはなく、貧しい棚の隅の方に漂流して来ていた。買わなかったのを今でも悔んでいる。「過去の音楽家」の淡紅色した良質紙に刷った豪華な版が来ていた。「ピエルとリュス」の、マルスニールの絵入り本もあった。

フランス語を習い始めてから英文学の棚をあまり訪ねなくなっていた。そこはトルストイ、ツルゲネフの英訳本が目立ち、紫表紙のロータス・ライブラリやエヴリマンス・ライブラリ本。そして日本の自然主義文学の人たち、田山花袋などが勉強したアフター・ディナー叢書本もまた棚に見かけたように記憶する。ドーソンやアーサ・シモンズの本、イエロー・ブックの合冊など註文して取寄せて貰ったのは、大学を終えてからである。大学生の時分、私はオーレル・スタインの本に惹きつけられて、無理をして買った。三年ほど外務省条約局の嘱託をしている間に、丸善の彦坂君というひとが、註文を取りに各局課の部屋に時折姿を見せた。八十五円の月給を貰っていた私は、同じ値段のロダンのデッサン集やスタインの「千仏洞画集」や「セリンヂア」を買うようになって、勘定が晦日《みそか》払いだったので、欲しい本を見ると、誘惑を抑えられなくなった。もちろん、未払いの勘定が山と積って、おとなしい彦坂君と出会うのが心苦しかったから、毎月二十五日の月給日から晦日までは、役所に行かなかった。売れる原稿を乱暴に書くようになったのは、買った本の支払いの為であった。丸善の本が私を濫作する大衆作家にして了い、苦しまぎれに「鞍馬天狗」を書かせ、入った金で、また本を買込むように使役した。フランスの書肆から直接に買込んだものもあるが、私のところにどんな本があるのかは、丸善の古帳簿の方が知っている。

もう、ざっと五十年になる。丸善が開店百年と聞くと、なんだ、その半分かと物足りなく思ったほど、古く長く思う因果な関係である。どうやら丸善の為に一代せっせと働き、大衆作家という看板が晩年になっても私から取れなくなった。大正の震災でその日の生活に困って古本屋に払ってしまった以外の本は、戦災も受けず今も私の手もとに残り、蒐集した十八匹の捨猫と共に、家の中を処置なく埋めて、足の踏み場もない。老とともに読書力も衰えた。

近頃は丸善の三階に行っても、読むよりも見る方の本の棚に頭が歩み寄る。しかし時にフランスの新刊の本が並んでいる前に立つと、読みもしないだろうと思うものに、つい手が出てしまう。三つ子の魂百までというのか。今は自分の為よりも勉強家の他人の為に、と、ふと考えて、系統に随って撰んで揃えておくように心を決めた。

昔の丸善は、親切に註文の本をさがしてくれたり、関係の文献を頼みもしないのに知らせてくれたりした。今も未来もそうであって欲しい。パリのサンミシェルの裏町の歴史専門の古書店に通って、コミューン関係の本をさがした時、その後新版が廉価本で出たがりサガレエの本がどうしてもなかったのを、店の主人が、確か隣国ブラッセルの本屋のカタログに出ていたようだから、取寄せるように交渉して見ましょうと言って、それより早く断念して帰国した私を追って後から書留便で送って来てくれた。

その時も私は丸善の親切を思出した。アナトール・フランスがセーヌ河岸の露店の古本屋に出かけて、店の主人を相手に本の話をして時を忘れ、古く隠れた文献などについて教わるのを楽しみにしたと言うのを読んで覚えているが、大学でない丸善に、そう言う相談の出来る組織なりコーナーが設けられたら、素晴らしいことだと思う。もう人生に倦き、学問や本にだけ興趣を残している老先生方に、時にそこに席を用意しておくのである。

丸善に行った時だけ、ふと会って、やあと呼びかけ合う古い古い顔がある。向坂逸郎さんがその一人だ。お互の軌道が違うから、よそで会うことは稀れなのに、不思議と丸善の三階だと、ひょっくり出会う。ひそかに、ブルータス、お前もか、で、なつかしい。若い日のままの執念が、白毛頭になって新刊書の棚の間に、まるで幽霊のようにさ迷っているのである。

（昭和四十四年一月）

鎌倉案内――昔と今と――

八月も終りになって、海に土用浪が立ち、いずれか台風の余波であろう、強い吹降りの日がある頃になると、一夜明けて鎌倉の町の辻も道路も人数すくなく岑閑《しんかん》として路面に秋の日の色の白さを覚えしめる。けじめ明白に、九月一日前後に秋が来た。夏中人が入っていた貸別荘が戸締りしたまま貸家札を斜めに貼り出す。鎌倉の人口が半減し、やがて天気が定まって秋の修学旅行の学生が入って来るまで、町は実に静かになる。戦前まで鎌倉は、そんな町であった。東京へ片道一時間二十分かかった朝夕の通勤客も、横浜へ通うひとが大部分であった。

　それより少し古く、大正の末年の、私が引越して来て大仏裏に住んだ時分は、夏の海岸でも女で海に入って泳ぐのは、小学生のほかは数えるほどで、良家の子女で、帰化英国人デ・ベッカーの二人の娘（そのひとりは終戦時のシーボルト米公使の夫人となっている）、大島大将のお嬢さん、岡田弁護士とやらの令嬢など、すぐ覚えられて評判となるほど数がすくなく、明治の雰囲気の脈を曳いていた。特に結婚した女性は日傘をさして浜に出ても水着をきることは無かった。それからずっと後になっても、まだ、砂浜に何を置いて海に入っても、決して盗まれて失くなったことがない。静かな礼儀正しい海だったと言えば、レジャーで銭湯の混雑以上、広い砂浜にも海にも身の置きどころに困難するような今日から思えば、老人のくりごとと聞こえるのに違いない。昔は夏の一番絶頂時でさえ浜辺は何となく静かで落着いていた。

次いで極く最近の宅造ブーム、切通しを入口とした三方に山を負っていた要害の町が、山の各所にブルドーザーが入って、材木をなぎ倒し、地肌を削り取って、むき出しにした。鎌倉の町のよさは、どこの通りを歩いていても行く手に青い山を見られることだったが、高さに制限なく高い建物が立ち、東京郊外並に騒雑な広告塔が並んで、山の眺望のよかった駅など、その中に沈み込んで埋れた形である。朝夕の電車はどれも混み、町の銭湯の前には自家用車が並んで、主人が出て来るのを待つ、平均を失った不思議な都市と成ってしまった。山の後は開発された工場地帯と新興住宅である。当然、そう成るものであろう。でも、相変らず看板は、史都鎌倉である。いらっしゃい、いらっしゃいである。

今日、鎌倉の鎌倉らしいところが残っているのは、むろんメインストリートではなく、それを外れた、谷戸と呼ばれている谷間や裏道である。ここは生垣が続き、段々すくなくなったが溝があり菖蒲や睡蓮を咲かせる小さい池のある古い家があったり、戦災を受けた都市では見られぬ落着いたものがある。戦後に鎌倉に移って来られた美人画の鏑木清方さんが、ちょっと昔の東京の根岸と云った風情がありますねと、言われた。幾つもある谷戸はトンネルの近道があったり、幹の太い老樹がのこって枝をひろげている。建物が深々と緑の木々に抱き込まれて一廓をなしている。鎌倉の古い寺々が、さかり場にあるのを除いて、京都の寺のように堕落して接客山観光寺となっているのとは異って、昔の武家時代の威厳と誇りある自信を失わずにいるのは、この深い谷戸の自然につつまれているお陰のようである。鎌倉五山の円覚寺も建長寺も、数多くある宝物を、決して客寄せに用いる料簡を持たず、秋の虫ぼしの折に限って一般に公開するだけである。国宝もあり梅の花が美しい覚園寺などは、日常にこちらが頼まないかぎり、無用の客を門内に入れようとしない。明月院の紫陽花、瑞泉寺の紅葉と梅と野生の水仙、光則寺、妙本寺の海棠の大木など、花の木が名物となっている寺々が狭い市域に散在して、季節毎に人が見に行く年中行事の花暦のように成っているのも、江戸や明治の行楽の習俗を今も残しているようで、古風なのが微笑まれる。京都市中の寺のように物欲しげなところは、まだ見られない。大体、一年ほど前まで鎌倉で入場料を徴集する寺は、長谷の大仏と観音だけであった。瑞泉寺は門のところに番人のない賽銭函を出して、植木の手当てに金十円也を任意に入れさせるだけだし、円覚寺が近頃、入門料を取るのは、都会の若い男女がやたらに押掛けて来て、雲水の修行の邪魔になるから、なるべく寺を静かにしておく為だと老師が言う。「はやる寺は堕落する」と言うのである。

新しい施設では、鶴岡八幡の池に臨む神奈川県立近代美術館が、周囲の山や水と、ふしぎに調和して美しく、その時々陳列される内容も一流である。境内の別の側に在る鎌倉市立国宝館は、市内の各所の寺の国宝を常設的に置いてあるほか、県内の不便で遠い場所にある寺の宝物を展覧することが多い。どちらも、小ぢんまりした建物で、全部見て廻っても疲れることを知らない。

それにしても私は、鎌倉のほとんど人に出逢うこともない裏通りを、歩くのを今日も残った贅沢として楽しみに思っている。どうしたものか、この一、二年で表通りには古美術、道具類を並べる小店が急に増加した。外人観光客の多いせいだろうが、散歩の折、店をのぞいて歩くのも興味がある。明治も末に成って出来た今の鎌倉だが、やはり明治は遠くなりにけりであろうか？

（昭和四十四年十月）

III

或る言葉——久米正雄追悼

久米さんが外遊から帰ったのを横浜に迎えた時、集った者たちで、昼間、八百政で歓迎の宴を催した。徳田秋聲氏と隣り合せ、初対面のことで挨拶したら、

「これからの文壇はあなた方のものです」

と、にこりともしない顔の表情で思いがけない言葉を言い出したので、私は面くらい、何となく浮かない気持になった。今思うと、徳田さんは別に大衆文学にあてつけたわけでなく、御自分が書いていられる地道で渋い作品が、変化して来る世間に向かないと考えられて正直にそう言われたもののようである。私の「赤穂浪士」をわざわざ筆を執って「文藝春秋」で過分に賞めて下さったのが徳田さんだった。私の方はそれを心の重荷にして申訳ないと思っていたのに対し、真向からまたこの挨拶だったので狼狽もし、悲しくもなったのである。

その後で久米さんが私たちの前に廻って来て、徳田さんと話している間、外遊から得た感想を次のように言った。

「いよいよ小説なんて書けない時代が来ますね。いや確かにそうなると思って帰って来た」

徳田さんがそれはどう言う意味か、と疲れたような沈んだ調子の顔色で問い返した。その時の久米さんの返事は忘れて了ったが、小説なんて書けない時代が来ると言放った強い語気だけが、私の頭に残った。何か主張する時の久米さん一流の、相手にかぶせるような言い方だったのである。

これが、最初の上海事変の時であった。確か久米さんも、事変が起り、フランスでもイリュストラシオンなどに日本の上海爆撃の惨状を伝えた写真など出て、居心地悪くなって、予定より早目に帰朝したように記憶している。その上、久米さんはヨーロッパではナチスの擡頭を見て来た。あとで考えて見ると、そんなことが久米さんに、「小説の書けない時代」の到来を予言させたのだと思う。また外遊を境にして久米さんの創作態度が明白に変わったことも事実である。読者は期待していたのに外遊についてもモナコの賭博場の話を書いただけで、それも完結させずに中絶した。あれだけ筆まめなひとが、ヨーロッパの経験について何も書いてない。綜合雑誌の創作欄で花形だったひとが、帰朝後は急に書かなくなって、婦人雑誌などで働くだけになった。

小説を書くより他に生きていてもすることのないように見えた徳田さんが、老弱をかこちながら、「仮装人物」以後の大作を遺したのにくらべて、久米さんは小説の仕事を投げたように見える。久米さんが主張した「小説の書けない時代」は、その後にずっと遅れて来たのだが、久米さんは自分から他人より早くその時代に入って了ったのである。文学報国会を作った時がそれで、同じ久米さんの予見の仕事であった。私などそんなものは要らないと見たし反対であった。すると、久米さんは顔を赤くして例の強い声で言い出した。

「いや、そうじゃないんだよ。ほっとけば政府なり軍が計画して作るにきまっているから、こっちでこしらえて押出して置けば、向うでも無視出来ないだろうから、多少、我々の発言の自由が認められると思う。上から作られたら、こっちは動きが取れなくなるのだ。だから、こっちでこしらえるんだよ」

作家の間に、反対が多い中を、久米さんはひとりで働き始めた。そして大東亜文学者会議を開くまでに熱心な活動を続けた。情報局に追随しているように見られたが、内実はそうでなく、摩擦が多くて途中で退くようになった。

終戦後に、鎌倉で作家たちの協力で貸本の店を出したのも、久米さんの主唱に依るものだった。紙の飢饉で雑誌は極度に薄くなっていたし、進駐軍が入って来たら出版界はどうなるかわからない時期である。小説を書けなくなった時代の頂点だった。この貸本屋「鎌倉文庫」が、やがて戦後の出版界に、短命だったが華やかな活動を見せた。

晩年になって、

「小説が書けなくなった」

と、なげくように言い出したことがあって、私は酒の勢いを借りて、久米さん以上に強い声を出して見せた。

「久米さんは自分でそう決めて了うんですよ、書けるか書けないか、やって見なければわからないものを、その前に久米さんは降りて了うんだ。フランスから帰って来た時、僕に何て言ったか覚えてますか？　これからは小説を書けない時代が来るって。実際に、そうなったには違いないが、久米さんは気が早過ぎて、自分の方から書かなくなったでしょう。先物買いの悪い癖なんです。書けないって自分で決めて了ったら書ける筈ないじゃありませんか？　書いて見て下さいよ」

久米さんは、いつもの笑顔を見せて、

「そうかなあ」

と首を傾げてから、

「やはり、なまけものなのかな」

「なまけものだってこともあるけれど、もっと早く勝手に頭で決めて、それと反対のことはないと思うんでしょう」

ぴょこっと久米さんは大きく頷いて見せた。素直な感じで、礼を言ってくれた。

高血圧となってからの久米さんに私が心配したのは、病気についても、また気を早く廻すのではないかと言うことだった。これが血圧にも一番悪い筈である。見舞に行くのも刺戟になりそうで不安であった。感度の高いアンテナの持主だったことが不幸なのである。

別の機会に久米さんは冗談のようにして言った。

「賞を貰う作家って、何となくそう出来ているところがあるね。優等生のようなところがあるさ」

（昭和二十七年五月）

『白井喬二集』解説

白井さんとは交際はなかった。東京の郊外と鎌倉とでは遠く離れていたせいもあるが、それよりも私が物を書き始めた時分の白井さんは、近寄りにくい大き過ぎる存在で、この山を何とかして乗り越えることが、駆け出しの私たちに課せられた仕事であった。大き過ぎたとは、文壇的の地位のことではない、書くものの大きさである。私などは蔭で、白井さんを象だと言った。輪郭が巨大だけでなく、茫漠と、豊富で見当のつかぬ内容を包蔵していた。この点では、吉川英治君も私も、現在までも乗切る力が出ない。私どもは理で押しがちであるし、それを痩せた力としている。白井さんは、理にこだわらない。同時に、文壇なる日本の現代文学の垢を附けていない。ぬっとした押出しのままであった。白井さん自身は大衆文芸と銘を打ったが、実は定義の仕様もない小説が、そこから生れ出たのである。象の太い脚だから勝手にどこでも歩いて通れるのだ。これだけの力量を持って文学に出て来たひとは、日本では他に例がなかった。仏蘭西のデュマは達筆だが、そう偉い作家でないとして、息子で「椿姫」の作者が父親を弁護して、こう言っている。

親爺は一種の自然力でした。大きな川のようなもので。ですから、それに向って小便をする奴が出て来ても別に可笑しくないんですよ。

白井さんは、この茫漠とした巨きな性質と内容を持っていた。私の若い日の友人、菅忠雄が芥川龍之介のところに出入りしていたが、その時分、芥川さんが白井喬二を読んでいて、あれが空想だけで書いているものだったら大したものだねと言ったと伝えてくれたのを私は覚えている。芥川さんも瘠せこけていた。象の脚を見て呆れたのであろう。空想力、想像力の貧しい日本の文学では白井喬二は異例の存在であったのである。何が入っているか底が知れぬ存在であった。

大正九年に「怪建築十二段返し」と言うのを講談雑誌に書いた。在来の講談からは何も承けていない。奔放に自分のものである。まったく新鮮で、面白さも古い講談を遥かに遠くへ蹴飛ばして了っていた。その後、立て続けに、この何とも定義のしようがない読物が生れ出て、人を魅了した。講談雑誌から講談の影が薄れ始めたのは、この時からである。

私が白井さんに問いただしたいのは、これらのものを書かれてから大衆文芸を提唱されたのか、その逆に、大衆文芸を創めようとして、これらの作品を書かれたのか、どちらかと言う点である。これは大切なことなのだ。私など、喰う為に雑原稿を書いたのを、この大先達の尻馬に乗っただけのものだから、よけい、この点が気にかかる。後の大正昭和文学史の問題になることだから、いつかこの点を明らかにして置いて頂きたい。とにかく文芸作品として他人の考えなかった新らしいものが白井さんの力で出て来た。「新撰組」、「神変呉越草紙」。誰れもその後も真似も出来ぬし、将来も現れるとは思われぬ、とてつもない独創的な作品である。

木村毅氏は次のように書いておられる。

「白井氏の作品は初めから決して片手間にした仕事でない。白柳（秀湖）氏は先駆者だが、併し別に社会思想家としての立場を有する人である。菊池寛氏がたとえ新講談に筆を取ったとしても、氏はより多く文壇人として存在する人である。中里介山氏の作品は多くの刺戟にはなったが、氏自身には変に狷介な韜晦《とうかい》性があって、この潮勢の只中に躍りこんで之を率いたものとは言えない。この中にあって白井氏は初めから真剣にこの文芸に殉ずる覚悟を以て掛っている。氏の偉い点はそこにある。上来述べて来ったことを総括すると、講談派の大衆文芸は、堺、白柳の社会思想家によって含蓄が深められ、菊池その他の文壇人によって品位が高められ、前田、本田諸氏によって大衆獲得の先鞭が付けられ、中里氏によって著しい刺戟が与えられ、白井氏に到って確立したと言ってよいと思う。」（現代ジャーナリズム研究）

この批評はまことに適切である。大衆文学の名に値する小説の鼻祖は、白井さんだと言ってよい。所謂純文学のほかに、そう云う文学がなくてはならぬ。「苟くも世に向って何事かを語り又は訴えようとするものが、日本に何十万と云う読者を有している文芸のあることを無視する法があるか。」人がまだそれを無視している時に、白井さんは、ひとりで、この気概を以て大衆文芸を書き出したのである。

「新撰組」は白井さんがそれまで根城としていた講談雑誌から外へ出て初めて週刊雑誌に連載した長篇だという点でも特別の注意に値する。サンデー毎日に大正十三年六月から掲載され、画期的に成功を収め、白井さんの主張する大衆文芸を不動の位置に据えたのである。同時に、この小説は、当時日本のジャーナリズムでまだ成功を危まれていた週刊雑誌の運命を、将来に向って決定したと云う歴史的な意味さえ持っている。その後の十年間を週刊雑誌と大衆雑誌とは抱き合って、発展の一路を辿った。この「新撰組」が、そういう重大な歴史的な役割を果した事実を、あまり人が知らないでいるから特に私がここに書いて置くのである。「新撰組」が連載され始めてから、私自身がサンデー毎日の発売を毎週待ちこがれることに成ったと言うなつかしい記憶を持っている。作者の才華には、まったく魅せられたのである。今は時間も遠く隔たったことで読者の感銘の仕方も自然違うであろうが、当時これは全く比類のない驚くべき読物であった。

大衆文学に寄与した白井さんの功績は大きい。前の大衆文芸全集も白井さんの力があって出来たことである。大衆文学の運動に純粋に打込んだ人間は、批評の見地からする木村毅、千葉亀雄のふたりを除いて、大衆文壇では白井さんだけだったと言明するのを私は憚らない。現象はあって運動などは実はなかったのだ。白井さんだけが、熱心にやっていたのである。

同時に、この方面の活動が、白井さんの作品に変化を加えた。初期の生れつき天衣無縫の作品とは違って、主張する者の心の影が作品に現れて来た。これが中期以後の作風を変えている。理想像を書こうとする傾向である。それとは別に、白井さんは、芥川龍之介も瞠目した華麗な空想から離れて来た。国史挿話全集を編み出した頃から見え始めた傾向であろう。直木や僕――後に吉川君が歴史小説に近附こうとした勢いに牽制されて、天来のロマンチストたる特質をかなぐり捨てたのだろうか。実証的、あるいは正史に従う作風に変化された。年齢のせいと私は考えたいのである。どうして独自の天才の道を離れられたか？　私はひそかにこれを疑問としている。他が絶対に真似ることの出来ない稀有の作家だから、現在、白井さんが故意にねむらせている幅広い若々しい活力をまた爆発させて頂きたいのである。自然力と称し得る所以を、発揮して欲しい。デュマの言分ではないが、誰れが来て小便をしようが悠々と流れてやまぬ大河の趣きは、現在のところ、ひとり白井さんのものである。他の人間は残念ながら、骨張ったり筋張ったりして、辿る道が狭く限られている。夫子一人、大道に門無しである。

（昭和三十年五月）

久生十蘭のこと

日曜日で窓の外に花ざかりの木犀の木に雨が降りそそぐのを寝床のなかから見ていたら、久生十蘭君がなくなったと急に電話があった。惜しいことである。一年に一度か二度しか顔を見せないのが、私を訪ねてきて、ガン研の田崎氏を知っているようだから紹介してくれといい出した。正月ごろから食物が胃に通りにくいという話で、その時が夏であった。

才気煥発のひとなのに原稿を書くとなると、いつも踏切りを渋りがちで、書きなおしばかりして編集者泣かせで有名であった。ゲンコウオクッタと新聞社に電報を打ってきて、実はまだ書いていないことが珍しくない。十蘭のウソといえば常習的に過ぎて、いつからか人がとがめなくなった。それくらいに小心で気弱かったのである。原稿はそれでもよいが、病気の方は自覚症状があったらすぐに飛び出せばよかったのである。紹介状を書いて渡してからも、気になったから友人をやって確かめさせたら、握ったまま、まだ病院へ行ってなかった。やっと出かけたが、どの道手遅れだったのが残念である。こんな煮えきらない性質だから、内弁慶で、細君には暴君であった。十蘭のことよりも奥さんのことを思うと涙が出る。愛情をこめて実に、よく、つとめてくれたのに友人として感謝したい。
十蘭は「新青年」で世に出た。久しい間、フランスに行って芝居を専門に勉強して来たのだが、その方の力量を私どもに見せてくれなかった。新しい歌舞伎の脚本を書いてみせると近ごろ意気込んでいたので、私も、しきりとすすめたが、例のごとく、なかなか踏み切ってくれなかった。一昨年であったか、世界の短編小説のコンクールで第一位の栄冠を獲得して我々をあっといわせた。コスモポリタンで日本人ばなれした実力のある男だったのは、過去の作品が示しているが、これからもまだ本当の十蘭が出るものと期待していたのに、急に我々から遠ざかって口を閉ざしてしまったのである。

（昭和三十二年十月）

最後の人——木村荘八追悼

前の週に、異人館のことを書いたら、この十一月十八日の深夜に近く、画家の木村荘八氏がなくなられた。明治の横浜、東京、開化期の風物、人間を描いたら木村さんほど、よく物に通じていて、しっかりしたデッサンの上に、生きた詩のある絵を描くひとはなかった。

私が明治初年の横浜を舞台に書いたものは、全部、木村さんにさし絵をお願いした。「霧笛」が最初であった。これは私が木村さんを選んだのでなく当時の朝日新聞社学芸部で私と組合せたのだが、小説が掲載始められると、私は木村さんの絵が優れているのに瞠目した。これは、かなわないと思い、自分も背伸びして毎日の原稿に骨を折ることに成った。つまり浄瑠璃語りが上手の三味線に弾きまかされて、汗を流し声をしぼって、けんめいに張合おうとしたのと同じである。「霧笛」が多少なり成功したのは、木村さんの鍛えこんだ芸に引立てられたせいである。小説が進む間に、私は何とも楽しくなった。こう書いたら、木村さんが絵をどう描くか、と言うような期待が一回毎に働き始めた。

私はまだインキが乾かない原稿を妻に読ませ、きっと木村さんはこう言う絵を描くから見ていろ、と予言までした。それが的中したことが多く、うれしかった。と同時に木村さんの方では、読む前に勘が働いたと言われた。ずい分と永い年月をさし絵のある小説を書いて来たが「霧笛」の折のような経験は、あまりない。年も少し上の木村さんと、それから仲よくなった。

昔の小奴の初代花柳寿美に舞踊劇を書いた時にも木村さんの衣装装置。週刊朝日に、やはり横浜を舞台に「花火の街」、ずっと後に「その人」を朝日新聞に連載した折も、木村さんの絵であった。私は文章で、一所けんめいにハマの異人館を書く。木村さんの絵がそれに肉付けして下さった。私の方は手さぐりでよいが、絵の方はあいまいを許されぬ。その仕事を見事に詩情ゆたかに実現された。

木村さんは明治の東京に深い愛着を持ち、築地の居留地あたりを中心の、開化期の文化の姿、どう日本に西洋が取入れられて来たかに、非常に興味と好奇心を働かせ、無数のこまかい資料、色あせた古い写真のたぐいも集めてたんねんに愛蔵していられた。もともと明治になって始められた東京の牛なべ屋「いろは」の息子さんで「いろは」はハイカラがって色ガラスを窓にはめ、またガラス絵の大首の美人を店の欄干に額にかけて出してあったような気分の家である。そこに人となったのだから、古い江戸人の好みと西洋との触れ合う場で、育った。生家の「いろは」の店を描いた大きな油絵の傑作が残っている。日本の詩壇文壇の最初の異国趣味の会合だった「パンの会」の絵も木村さんは遺しておられる。上田敏、永井荷風、若き日の潤一郎、小山内薫、長田秀雄、木下杢太郎などの姿が出ている日本の文学史上記念すべき絵である。青春の日の心の向きが、わかる。この道で掛替なく、最後の人であろう。

私が毎日新聞に「阿片戦争」を書いた時も、絵は精彩を極めたものであった。オランダ屋敷のある江戸時代の長崎と、清朝のシナ、ジャワのバタビアが舞台になった。清国を木村さんは二十代の青年時代に訪ねて、物々しい当時のマンダレンの風俗など見聞して面白がっていられた。しかし、私のところにロンドンで出版された当時の中国の町の風俗を描いた絵の本があったのを、とどけると、用のないものまで一々、写し取ってから返して来られた。おろそかな準備ではできないことである。

お通夜に行って何気なく廊下にかけてある額を見ると、昔、清国政府が木村さんに下附した護証（旅券）である。旧中国の威厳を誇示して文字も大きいし、紙も大きいものだ。玄関を上った真向いに、それが掲げてあったのは、その旅行を、故人が、よほどの誇りとして記念していたのか？　私は「阿片戦争」を書いていたころの心の照応を思い出した。すべて過ぎて行くのである。

（昭和三十三年十一月）

荷風散人を悼む

永井荷風氏がなくなった。存生中から世間に隠れて暮らしていたが死までが人の目から隠されていた。陶工の尾形乾山が江戸で死んだ時、孤独な老人の貧しい独門だったので、しばらく近所でも知らずにいた。乾山は世間と交際がなかったわけであるまいから、孤独な死は事故であろう。荷風さんのは自らひそかに求めていた最後だったろう。それほど徹底して孤独で、えらい人だったとは信じられないが、公園の踊子や町の女たちに囲まれての極楽往生だったら、にぎやかでそれもよいとしたろうが、平常口に説き、そうできればと心ひそかに望むこともあったろう。ひとりぼっちでわずらわされない静かな死だから、荷風さんは肯定されて目をつぶったのではないか？　武士でなく文士の最後としてうらやましいようなことである。終りをまっとうしたことではないか？

「冷笑」「牡丹の客」「ふらんす物語」などの荷風さんは、颯爽とした洋行帰りの小説家で、文壇では、新しい西洋花を見せられたような感じだった。

「日和下駄」のあたりまで切れ味はいかにも鋭利である。これが現代の日本や日本人がいやになってしまって、滅びてしまった江戸にいつの間にか逃げ込んでしまう。世間や人間の愚かさをいかに笑うか、であった。生活も市隠の姿を取り、当世ふうの艶隠者と成り果てた。一種の病気のように、人をおそれ、世を警戒し、それも自分は、生きる愚しささびしさをつまみ食いにまぎらせて、小さい世界の結構楽しい生涯ではなかったか？　日記を見ると、あれだけ徹底した軍人ぎらい、政治家ぎらいはない。それが感性の上だけのもので、昔の江戸人のように韜晦した小さい世界のものだったが、その範囲でも知的好奇心の強いこと、心の働きの若々しさは、日本人離れしたもののまま残った。しつこく、一貫している。「雨瀟瀟」は細いしゃれた趣味のものだろうが、「濹東綺譚」になると、骨にしみる人生孤独の寒風が白々と吹込んでいる。

荷風さんは、若い日に書いた「小説作法」の中でアンリ・ド・レニエの作品を小説の手本とすべきだと説いている。レニエという詩人は、回顧的な、また花やかな隠遁な性を持ったひとである。エドモン・ジャルウが書いた評論だったと記憶するが、レニエを論じて過去の時代を小説に書くと、ラブレエふうで陽気で出てくる人物も快活で明るいが、現代小説になると、厭世的な調子を免れ得ぬ、と指摘している。レニエ自身も、過ぎてしまえば人生の物事は苦いが、ほの明るい微笑にくるんでながめられると書いている。レニエが辿ったものは、ギャランなフランスの王朝時代の話か、イタリアのベネチアの花やかだった時代の物語が多い。荷風さんの江戸は決して住みよい所でなく、イヤな思いがいまよりも多かったのは無論だろうが、現実をしゃれのめし、皮肉な諧謔でもてあそんだ江戸人の弱い者の強がりが、荷風さんの現代からのよりどころとなっていた。「腕くらべ」「おかめ笹」も、横合から「見た」小説であって、作者は、話のなかにいない。笑う支度をした傍観者である。

私は若い時から荷風さんの小説の愛読者であった。理由なく、ほれぼれと好きだったのである。しかし「日和下駄」ころまですぐれた文明批評を作中に示しながら、なぜそれをやぼと考えても押通してくれなかったか、と、くやしいのであった。「日和下駄」あたりから後の荷風さんは、小さい庵を結んで、現代の歴史から離れ、貝殻の中に身をかがめられた。青春の時の強い思想の火花は、小説よりも、日記や随筆の中に光を放っているのである。まことに日本的な生き方だった。戦後の日本人に、この趣味や感性の遺伝は薄れたが、変人と見せて世を韜晦したが、実は浮世を住み憂しとする臆病な善人だったのであろう。ご冥福を祈る。永井先生。いまこそ、静かでしょう。いや、静かでなくとも、現世の方が面白いよといわれるだろうか？

（昭和三十四年五月）

富岡の家——直木三十五

直木賞の選考委員会が催される。こんどは軽井沢でやるというので私も出かけている。直木賞は、無論、直木三十五を記念したものだが、直木の墓所が横浜の富岡の寺にあることを、多くの人が忘れている。直木には男の子と女の子が一人ずつあったが皆死んでしまった。後をとむらう者のない墓が大分、荒れていたんでいるとは、今年、菊池寛の十三年忌の時に直木と縁のある文藝春秋の香西昇に聞いたが、香西も富岡の寺の名を忘れていた。その後、電話で知らせてくれたが、書いておかなかったので、また忘れてしまった。

菊池は多摩に自分の墓地を買ったとき、直木の墓も多摩に移そうと企てたが、これは都の法規で、よそに埋葬されたのを転葬を許さなかったので、墓の代わりに記念碑を建て、彼が文章を撰し、故菅虎雄先生が枯れた筆をふるわれた。菊池の墓の側に、友情の記念のようにこの碑が残り、この方は墓と違って手入れもよく、茂った植え込みの陰を背にしている。

直木の死んだのは、一九三四年で、東大の病院であった。それから、もう二十六年も経ったのには驚くのである。十七年忌の時か、文藝春秋社がバスを仕立ててくれ、われわれ友人と、直木賞を受けた人々が、富岡に墓参に行ったことがある。直木の未亡人もその折りはまだ元気で来ていたし、久米正雄もいたが、共に、現在はなくなった。

直木三十五はどう発心したのか、晩年になってから富岡を選んで住居を新築した。税金の滞納で、いつも追及されている男だったし、自分の家を持つなど、それまでの直木の思想や生活態度にはなかったことであった。直木が税金を納めるのを渋ったのは、筆一本でかせぐ文士に対する課税が、大商事会社の社長などより重いのを怒って示した抵抗であった。税務署から直木の住所を差し押えに行くと、平塚あたりの農家の納屋が名目上の住居になっていて、直木は不在だし、差し押えるような物は何も置いてなかった。だから直木が富岡に家を新築する気になったとは、友人たちが意外としたことである。過労から肉体的に衰弱して来ていたし、当時の富岡のような、東京から離れて客にわずらわされない静かな土地で、休息しながら筆を執ろうとしたのか、後から考えれば自分が倒れた後の家族のためを暗に考えて、家を建てる気になったのかも知れない。

私は、その富岡の家をたずねたことがないので、富岡のどの辺にあるのかも知らない。現在は無論、縁のない人の所有に移っていることだろうが、変人の直木が、自分で設計した家なので、でき上がって見たら不便な個所が多くてこっけいだよと、菊池寛が私に笑って話したことがあった。墓さえ荒れているのだから、その家が売られて原形を保っているかどうか、疑問である。その家のことを確か直木が「文藝」に書いた彼の生涯に唯一の私小説に記してあった。病苦と迫る死期を自覚した文章だったように記憶する。設計に気がきいていて間のぬけた欠陥がある家の座敷に、場違いに大きい机を入れて晩年の原稿を発病まで書きまくろうとしていたのである。この富岡の家のことを、横浜のペンクラブの有志の方、直木の生前をよく知っている平野零児君などが、今の内に調べて明らかにして置いてくれるとありがたい。

直木は、さかんに活動していた時代に東海道線で京大阪に出かけると、きまって静岡で途中下車した。Ｙ女という若い芸者がいて遠巻きにおもっていた。現在も静岡にある料亭「浮月」に呼んで、Ｙ女の顔を見て帰って来たのである。「浮月」は維新後に十五代将軍徳川慶喜が江戸を離れて静岡に隠居した時に住んだ屋敷のあとで、庭に大きな池があり、コイがたくさん飼ってあった。酒をたしなまぬ直木は、その池の座敷で、素面《しらふ》でＹ女たちと長い時を過ごし、無口の方の男だから話もなくなって困ったのか、二三度私に電報をよこして「浮月」に来いと誘って来た。Ｙ女のことを「きれいだろう、きれいだろう」と、私に同意をしいるだけで、随分と芸のない話であった。「あれは甲州財閥が附いているので手に負えぬ」と苦笑して話したのが最後である。

静岡通いはやがて、中止になった。そのＹ女を私は今日時折り、芝居や踊りの会の廊下で見かける。現在は、ある知名のひとの正夫人である。三十年昔の若さは、むろん夢だが、落ち着いて品のいい美しさを容貌に残している。彼女が私を記憶しているかどうか知らないが、私はわざと礼をしないし話しかけない。ただ彼女に出会うと、直木の不器用なアバンチュールのことを、ひそかになつかしく思い起こすのである。

（昭和三十五年七月）

吉川英治氏の死をいたむ

吉川君の一代の数多い作品の中で、代表作はやはり宮本武蔵だと私は思う。裸一貫の武蔵が剣道の達人に成長する精神的な経歴が、吉川英治自身のものである。たしか小学校だけの学歴で、あとは独学で吉川君は今日までの自分の道を切り開いた。苦労な勉強だったろうが、私が対面した時代（もう三十年前になろう）にはその苦労の痕跡は見えないで、自信にあふれた器量の大きい男であった。

ひとつは吉川君が近代外国文学の懐疑の外に、自分の脚で立っていたあぶなげない性質が力となってささえたのだと思う。戦前戦後を通じて吉川君は、日本的な作家と仰がれて人気があった。そのとおりだし、全国的な人気は徳富蘇峯に通じていた。

作風のみならず作家として日本的な典型であった。移り気で変わりやすい都会の若い読者よりも、地方の動揺のない有識階級から信仰に近い支持を広く受けていた。他の者の及び得ない力量だし、不抜の地位であった。人に不安懐疑を抱かせる文学と、安心を与え教えて依らしめる文学がある。前者は西欧文学の特質であり、後の者は日本的な性質である。そこにも吉川君が全国的に好まれて愛読された理由がある。宮本武蔵は実証された立志伝なのである。

初期のロマンチックな大衆小説が、中年以後は「太閤記」「水滸伝」「三国志」となり、やがて大冊の「新平家物語」晩年の「私本太平記」となった。すべて古典に本歌があるが、これを吉川流に解釈を与えて、読者に近づけた労作である。勉強家の吉川君は「私本太平記」を書くのには戦後の経済史的新史学を自家薬籠中のものにして新しい色彩を示した。この一連の仕事は、江戸時代の滝沢馬琴の仕事に近似したものである。馬琴も水滸伝、三国志、金瓶梅など、中国の文学に本歌のあるものを換骨奪胎して、山のように精力的な著作を残した。そして馬琴の態度は道徳的であり、人を教えるもので、読者の信頼を集めた。

吉川君は柔軟な現代の作家であり、新聞連載中に過去の事件の中にジャーナリスチックな事件を批評し、世相をとらえることをしたのが目立ったが、これが道徳主義にならずとも、一般の読者には教えられる楽しみを与えて、作者と一層緊密の関係に置いた。事相の親切な注釈者であり、心学的な傾向もあったのである。そんなあらゆる点で日本的な性格が濃厚である。

私は、六年彼より年少、吉川君の方が早くから小説を書いていたらしいが、ほとんど同時に新聞雑誌に大衆小説の仕事をするようになった。最初は、似たり寄ったりの仕事をしていたが、作品の性質はいつの間にか離れてしまった。

吉川君は吉川君らしい道を歩いた。私はまだ自分の道がみつからないのである。吉川君は自己の大道をりっぱに持っていた。

最初の手術後、いろいろの会で吉川君と出会った。以前より血色もよく、つやつやとしているのを喜んだが、この間の直木賞の会の時は、珍しく欠席し、選評もとどけてこず、悪いのではないかと不安であった。ほんとは、もっとじょうぶでいて、より晩年には、独創的な大作を残してもらいたかったと思うのは欲であろうか。

（昭和三十七年九月）

沓掛時次郎

横浜生まれでその後も横浜にはゆかりの深い長谷川伸氏が昭和三十六年度の朝日賞を受けられる。後輩としてお喜び申し上げたい。長谷川さんは大正十五年以来百六十七編の戯曲を書かれたそうで、思って見ても驚嘆に値する仕事である。その中の七十編近くが芝居や映画に上演された。「一本刀土俵入」「瞼の母」「沓掛時次郎」など、毎年繰り返されて大衆に親しまれている。作品はすでに作家から離れてひとり歩きをしている。長谷川伸の名を知らないでも沓掛時次郎や駒形茂兵衛には実際の人間以上の親しみを人が感じている。これは作家としてはこれ以上もない名誉なことなのである。

もと東海道線で大井川の鉄橋を渡ると、土手の上に大きな白ペンキ塗りの塔が立ち「朝顔日記深雪の松」とか黒々と書いてあった。なるほど、太い松があったが、これは何ともおかしかった。

だが、浅間山の煙が見える小諸、沓掛、軽井沢あたりの昔の街道や、高原のすすき野の道などを見ると、私などでも三度笠にかっぱの股旅者の通る姿をつい考えて見たくなる。

どうもこれは長谷川さんの影響である。股旅物の名編を長谷川さんは天下に普及させようと考えたことは夢々なかろうし、沓掛時次郎にしろ、その他の遊び人にしろ、長谷川さんは舞台のような白塗りの美男の姿には考えず、もっとわびしく薄よごれた影のある人間を思い描いていられたのに違いない。世間の下積みで、堅気に働きたくともそれがならず、男一匹だと言うことだけが誇りで旅から旅を歩いている存在、しかも心持ちには意地も張りもあって、日なたへはい出る夢を失わずにいるのが、自分よりずっと不しあわせな弱い人間がいるのを見て、自分ひとりが明るい世界に出る気にもなれず、いつまでも風や雨にさらされた遍歴の暗い旅を続けている。決して色男でもイキな男でもない。芝居や映画では美しく歌い上げてしまうが、長谷川さんが考えたものはもっとわびしい、正しいがゆえに一層影を寂しくしているような旅人に違いないのである。これはすでにほろびているが、はっきりと古い日本の人間的情感の結果である。あんどんの時代の人間の切ない姿である。長谷川さんは若い日のご自分の苦労の中から、その影をつかまれた。下積みの世界に旅から旅を職をさがして歩いているような人間に、実際に長谷川さんは幾たりも出会い、その人たちの哀歓を味わい、好いやつにも悪いやつにも人間の可憐さを認めて、長谷川伸の宇宙を築き上げたのである。人情作家だと言われるが、人情以上の人間認識から始められた仕事である。学校で文学を勉強して物を書き出した人の世界とはおのずから違うであろう。机の上で創作せられただけのものでなく、一般の世間からは隠されている日陰の生活を見まもり続けたことから徐々に形を作ってきた。つまり生活の裏づけのある確かな仕事と言ってよい。青写真を見て電気ノコギリで材木をひいて建てた普請でない。柱を見て産地はどこそこの山、日陰の場所に堅く育った木と、肉眼で読み取る能力のある昔の大工が丹誠した仕事なのである。そう言う手堅さが長谷川さんの身上である。

頼まれるとめったに否と言わないひとだから、長谷川さんも頼まれて書いた小説や脚本が多かろう。しかし長谷川さんのものは、どうしても長谷川さんのもので、銭のために腰をかがめたところがない。自分が書きたいから調べて書いたと言う著作「日本捕虜志」とか慶応年間の三田の薩摩屋敷に集まった国学者出の志士の話とかになると、興味以外に、ただその人たちの生涯がこのままでおけば忘れられ失われて行くと言った人たちの経歴を骨を折ってまとめられたものが多い。これなどはきわめて貴重な仕事であって、いまよりも後の時代になって人がその高い価値に気がつくことに違いない。また長谷川さんの芝居の中には「商売往来」にも出てないような職業の人間がいろいろと出てくる。いまはもちろんなくなっているし、その時分でも、そんなことをしてかせぎになるのかと思われるようなこまかい商売である。長谷川さんはそれを下層の世界に現実に見て知っていたから書けたので、日本の庶民階級を研究する上に将来大切な資料となることであろう。とにかく見て書いたと言うことが強いのだし、今日ではもはや、見たいと望んでも見られない種類のものである。特に明治二十年代、三十年代の昔の横浜を生活して知っている方だけに、まだまだいろいろと教えていただきたいことが多いと思う。

（昭和三十七年一月）

最後の人——長谷川伸追悼

幾たびも危ないと伝えられて、くしくも持直して退院されたときいて喜んだのに、にわかの訃報である。年輪を稠密に重ねて成長した老樹のような人で、なんども新しい枝を芽吹いて不思議なかったのに残念である。明治びとの代表の一人といいたいが、私などには明治より古い人にみえた位に心持の上では大先輩であった。学校にも文壇にも関係なく、ひとりで大成した。伊原青々園、岡本綺堂さんなどと、ひとつ星座に連なった星である。股旅物の名称は長谷川さんが生んだ。舞台でも映画でも白塗りの多少きざな存在にされてしまったが、長谷川さんの生んだ彼らは風雨に打たれて日焼けして旅から旅をさまよって歩く目立たぬ存在である。日当りのいい世の中に出られる才能も器量も自分は持ちながら、同じ境遇にいて、もっと弱い人々のあることから自分もいっしょに日陰に住んで裏街道のわびしい旅を続けている男たちである。

封建的だとか古い人情だとか批評を受けながら、これは日本の無産者の彷徨の姿なのであって、長谷川さんはそうした貧しくてよい人間に実際の生活の中で幾たびも行きあっていたので、どうしてもそれを書かずにいられなかったのだと思う。働いて維新が成功したときには忘れられ棄てられた国学者や浪人のことや日露戦争の捕虜の話など、時の流行を追う世間が無視し、忘れ去ってゆくものに目をそそぎ、日なたに連れ出す努力をしたことも長谷川さんがいなかったら出来なかったことであろう。

　島国の風土と鎖国の歴史につちかわれた日本的な性格というものを可否を問わず将来の人が知ろうとしたら、長谷川さんの遺したものが貴重な資料となることであろう。どうして昭和の日本に長谷川さんの芝居が大衆から離れぬ影となって繰り返し上演されたか？理屈や観念、学問とは全く別のもので、長谷川さんだから日本人に共通して隠れて在るものの目をさまさせたのだろう。いつもこの作家の書いたものには、陰で子守歌の声が細く聞えていた。

　いつだったか、帝劇の廊下で、さる人を批評して、

「あのひとは小芝居を見ないからいけません。田舎のつまらない芝居でも、もっと見ないといけません」

　といった。

　長谷川さんの口から出ると、その言葉は極めて自然で真実であった。

「それは、あのひとだけでない。私についても同じことがいえますよ」

　と、学校出の私は正直に言った。長谷川さんは目を上げ、そうではないとは言わず、ち

ょっとまぶしそうな目をして微笑した。好い人だったのである。小芝居も田舎の芝居もなくなって、テレビやラジオの時代になった。地の塩を人に知らせた最後の作家が、ここに失われたのである。

（昭和三十八年六月）

キツネの来る書斎——柴田天馬

本紙の「本と雑誌」欄の「一冊の本」に九州大学の目加田誠教授が書かれた「聊斎志異」は好文章だったばかりでなく、的確に著者の柴田天馬先生を描いていられたので、私は感動した。柴田さんは九十歳の高齢で、消えようとする生命の灯を病床にわずかに見守っておられた。孤独な老人の一代の仕事を情愛をこめて高く評価された文章が、この時に出たので私はうれしかった。

柴田さんは、その一週間後の二月九日の午後、なくなった。目加田教授の文章を老人の枕頭で奥さんが読んで聞かせた。耳も遠く、気力も衰えていたので、聞えたかどうか心もとないと言われた。反応を見せなくとも聞えたろうと私は思う。

教授が書いたとおり、天馬老人はやせたしょうしゃとした好紳士であった。身だしなみよい地味な洋装がよく似合った。大連で私が初めてお目にかかった時、六十歳になろうとしていたのである。今から三十二年前の張学良の時代の満州であった。柴田さんに会いたければ午後ならヤマトホテルへ行くと碁を打っていると教えられた。そのころからゆうゆうと清閑を楽しんでいられる朝夕らしかった。

第一書房の二度目の『聊斎志異』の初巻が出て風俗上の理由で発禁になった直後のことで、出版が出来なくとも是非、翻訳を続けて完成しておいて頂きたいと、私はしつこく話して老人を苦笑させた。柴田さんは、そうしますとは言わなかった。すると別れて無音に過ぎて十年経ってから大連から毛筆の葉書で、貴下がすすめてくれたから、その後、閑を見て聊斎を続けていると知らせがあった。

それから戦争となった。終戦の満州の柴田さんのことを気遣っていると山口県から葉書が来て、帰国したと知らせがあった。私は直ぐよろこびの電報を打ち、聊斎の原稿を持ってお帰りかと同時に尋ねた。原稿はあると返事があった。私は苦楽社から出すように話をすすめた。リュックサック一つになった柴田さんも上京して来た。

聊斎の原稿は普通の書類と同じ扱いで大連を出る時、没収されたが、連載した満鉄の雑誌が図書館か古書店にあるだろうと言うので、現在の鎌倉図書館長沢寿郎君が戦災後の街を探して歩いてくれて、整理と校正に献身してくれた。その内に苦楽社がつぶれかけた。私は困って小林秀雄を訪ねて創元社から出してもらうよう頼んだ。彼の親切で柴田天馬訳「聊斎志異」の全巻が初めて世間に送り出された。沢君が相変らず難かしい校正の労にあたり、創元社のあとでは、修道社の秋山君が立派な本を出してくれた。

若い霜川君の脚色で、水谷八重子がその一編を演舞場で上演し、八重子が鎌倉まで柴田老人を訪ねて来た。柴田さんは八十歳に近かった。老木の花の感じ、どれも、それまで柴田さんを知らなかった人たちが自然に集って働いてくれたものだった。芥川龍之介が柴田さんの最初の本に感嘆してから、三十年は経っていたろう。その間も柴田さんの訳文は、古びず、若々しく、はんなりとした色気が、横溢して、いつまでも新しく見えた。

寛永版の「遊仙窟」から始まって、中国の軟文学に、送り仮名、返り点のほかに、和訓を附けることは始められていた。しかし、これらの漢学先生の日本語は、粗雑な必要だけの意訳に過ぎなかったのを、柴田老人は自分が楽しんで実に味わいのある明治の東京語で、すっきりと爽快に物し、音楽のように明るい文字に移し変えた。幾度もくりかえして読むに値する文章文体が創作文学でもどれほどあるか考えて覚束ない時、この訳文は尽きせぬ泉を持って、昔の中国の民話の中に私どもを戻らせる。

民話だから、単純である。たかが美しいキツネのお化けや天国地獄の話だ。これが虹のように色もゆたかに、人をひきつけて白い夜の夢幻の領土に誘い入れる。九十年の生涯に丁寧にこの本の翻訳だけをして他の著作がなかったと言うのも文学史上珍しいことであろう。東京で漢語が跳梁跋扈したのは御一新で薩長が政府を作ってから官吏書生の間に大に起ったことで、江戸では直参の旗本でも、くだけた口調が日用であった。柴田さんは鹿児島生れだが、東京に出て、聊斎訳に用いた下品でなく、くだけた耳に響のよい口語をマスターした。明治中期の演芸記者として三木竹二などと交際し、九代目團十郎の芝居がどんなによかったかを、くりかえして私などに聞かせ下さった。あるいは今ごろは聊斎の幽府へ行き、天官の鬼の名簿から柴田天馬の名を消して、こっそりこの世に生れ更って来られているかも知れない。それでなくとも可憐なキツネの美女たちに取りまかれて歓迎を受けていることには間違いなかろう。物欲なく、また愚痴や他人の悪口を絶対に言わぬひと、自分のことは自分の中に抑えて、かりそめにも口にしなかった人柄を考えてくださるとよい。古い明治の文化人の最後の一人であろう。

（昭和三十八年二月）

南の思い出——佐藤春夫

　昭和十八年の晩秋に私は同盟通信社の嘱託としてマライ半島へ行くことになった。軍の占領地の建設状況を見て記事を書くと言う約束である。たまたま佐藤春夫氏が朝日新聞にジャバの小説を書く為に現地に赴くのと同じ飛行機に乗合せた。十月三十日に羽田を出て、沖縄の那覇で数日間、泊った。焦土となる前のこの南島の美しい樹林や、円覚寺、首里の城などの古く清々しい土地を見て廻ったのは、この滞在の間のことである。

　佐藤さんは、私の年長だし、若い日に心酔した作家だったので、ジャカルタまで御一緒だったのは幸福だったし、御一緒に古い沖縄を見たのはよい思い出となった。戦地に行くと言うのに佐藤さんの荷物が多く、飛行場などでは私も手伝って運ぶことになった。そのことを佐藤さんは後まで記憶しておられた。

　美しい珊瑚礁の見える海上を飛び、台湾上空で敵機が出るとかで高々と新高山を迂回して屏東に降りた。マニラに一泊、ボルネオ島を横切りジャカルタに降りる。私が来ると知って松井翠声君が飛行場に迎いに来てくれていたが朝日新聞から佐藤さんの迎いが出ていなかった。知らぬ土地の第一日のことなので、ホテル・デスインデスに行って部屋を取ってから、佐藤さんがジャバ新聞に電話をかけ、迎いのないのをなじったら、電話口に出た記者が、上方言葉で佐藤春夫ってえらいやっちゃなあ、とか私語したのが聞こえたとかで、佐藤さんが激怒した。部屋は別だったのに、ひとりでいると腹が立って、じっとしておられぬと言って佐藤さんは私のところに来た。松井君と私で、骨を折ってなだめた。松井君がジャバに永くいて言葉を知っていたので、おれは怒ったとはジャバ語でどう言うのかと私がただすと、「サヤ、マラ」だと答えた。「おこるのはマラか」と言って佐藤さんは始めて笑って怒りをおさめた。もう大丈夫と見て、松井君の運転と案内で、ジャバ新聞に佐藤さんと行き、その後の連絡を円滑にするようにした。しかし、佐藤さんはまだ怒っていて、二日ばかり後に私が目的地のマライ半島のシンガポールに行くと告げると、僕も行くと言って御自分の目的地のジャバを捨てて一緒にシンガポールに飛びラッフルズ・ホテルに泊ることになった。一週間ばかり一緒に市内を見物してから、私は予定の旅行に出るので、佐藤さんと別れた。いつまで怒っているか心配だったが、私がマラッカに行きひとりになると、佐藤さんは朝日の世話でジャカルタに戻った。その後は、スラバヤ支局長が親切なひとで、佐藤さんをよく世話して、附き添って島内各地を案内し、旅先で小説を書いて送るようにした。

私は、ペナン島から、スマトラ、ニコバル、アンダマン島をめぐって、ジャバに戻り、バリ島へ潜行した、潜行したとは、海軍に願い出て許可をくれなかったものを、見たいから勝手にもぐり込んだのである。島内をめぐっている間に、ある日の白昼、偶然に、田舎の宿で一月半振りの佐藤さんに落合い、なつかしかった。行く雁と帰る雁で、一時間ほどテラスで一緒に話してからまた別れた。

マランのホテルに来て、友人から佐藤さんが書いた旅行中の色紙を見せられた。「軍人は白馬に、文人は黒馬に」と言うのであった。軍人の専横に対する皮肉の言葉であった。女のことである。

私は百日目に帰国した。海南島の夜中に空襲警報を聞き、次の日の飛行を警戒して台湾に着き、途中数日もおくれて帰ったような状況で、佐藤さんがどこにいるか考えると心配であった。朝日新聞に問合せると、昭南まで来て、帰りの航空機を待っているとの話であった。その間にまた、いつまでも待たされるのを怒って、陸軍報道部の宴席で、「海軍ならばこんなに人をいつまで待たせまい」と報道部長を前におき正直に言切って軍人を怒らせたとも仄聞し心配した。軍人が勢威をふるっていた戦時中に、軍人の前でこれだけ堂々と言いたいことを言ったひとはなかった。この気性は、その後文学賞の銓衡の席上などの議論でもよく現れて、頑固で聞きわけなく見えることさえあった。その他の話題では、無口で穏やかに聴いて冗談も言出す方なのに、文芸に関した話になると自説を守って譲歩しない。久生十蘭の世界短篇小説賞受賞を祝う席で、十蘭に面と向って、君だけの作家になったらもうジョンゴスの精神を捨てるがよい、と、しつこくきびしく言った。ジョンゴスとは、ジャバの家のボーイのことである。十蘭とは、佐藤さんはスラバヤで一緒だったので、その時見たフランス仕込みの十蘭の社交的な軽い気性が気に入らなかったのかも知れない。その他の理由を考えられない。

（昭和三十九年七月）

横浜の谷崎氏

　横浜の馬車道通りに、西川楽器店と言うのがあって、そのころ、大正の終わりのころにはまだ今日と違いごく一部にしか需要のなかった洋楽器を商っていた。特別のものの注文があれば外国から取り寄せてくれるといった程度だったろうか、そこの女主人が震災後に銀座交詢社の地階にバーを開いて化粧がこってりしていたので知られていたが、横浜のような開港場の町によくある新しいもの好きで二階をダンスの教習所にして、オルガンなど片側で商っている階下をコーヒー、紅茶、アイスクリームなどで客を寄せる店になっていた。喫茶店もカフエも、銀座のパウリスタのほかにほとんどなかった時代である。

ダンスホールが東京に出来て珍しがられたのも、震災後のことでダンスの稽古に通ったら、世間が変な目で見た時代のことだから、そこの喫茶店も二階で踊って疲れた人々たちが休むぐらいで、客があまりなく、いつも閑散に見えた。元町や弁天通りには、外人相手から始められたフジ屋などがあり、そっちは、繁盛していた。まだよそにないダンスの稽古場と言うより有志のクラブなので、出入りする男女も限られていた。とにかくそのころの横浜には、東京にない新しいものがあった。外国映画専門の映画館だって伊勢佐木町のオデオン座だけで、東京では経営が立たなかったし、女性の洋装店でも横浜の元町、弁天通りにあって、わざわざ東京から特別の人だけが作りに来たくらいで、新しいものは外人のいる横浜が東京にないものを持っていたのである。

私は横浜生まれなので、大学を終えて鎌倉に住んでからも都会の風が恋しくなると、横浜に出て町を歩いた。谷崎さんが横浜に来て山の手に住んでいることも、ダンスを始めていることも何かで読んで知っていた。「本牧夜話」を書く前後だったろう。そのころまだ、開港時代の面影を残した木造ペンキ塗りの異人館がまだ山の手の丘にたくさんあった時期で、バンド・ホテルと言う個人経営の小ホテルのことなど随筆に書いてあった。（ケーベル博士がまだ横浜に居られた時期だろうか？）

東京生まれの谷崎さんは、横浜の持つ調子がはずれた新しさ、東洋西洋の雑居、秩序と無秩序とが調和を示して共存しているところに興味を持って、もともとハイカラなのだから、来て住み、当時の他の文士から見たら桁のはずれた暮らし方を楽しんでいたように見える。栗原トマス（？）などといっしょに映画の撮影を始めたのも、そのころで、奥さんの妹の葉山三千子が主演で、岡田茉莉子の父親、岡田時彦などが参加して鎌倉の由比ケ浜などをロケーションの場所としていた。撮影所は元町通りにあったのを、古い板の扉の門を前を通って見た覚えがある。

私が谷崎さんを見かけたのは、西川楽器店の喫茶部のテーブルに向かっていた時だった。外からチェックの洋服の小ぶとりの男がはいって来たと思うと、谷崎さんで、店の者に、「三千子が来てますか」と尋ね、おいでですと二階に声をかけると、葉山三千子が降りて来て、そのままいっしょに出かけようとして、「あたしの飲んだの払っといてよ」と言うと、谷崎さんが笑って、「なんだ、そんなものまで払わせるのか」と言って、ポケットに手を入れ金を出して払い、待っていた三千子と店を出て行った。

私は、学校を出たばかりで、まだ二十四歳の青年、小説家になろうなどの野心などなく、ただうろうろしていた時期だったが、谷崎さんの本は一高の寄宿のころに読んでいたし、その後、谷崎さんの文名のいよいよ高くなるのを遠くからながめていた。楽器店の店内で、この巨星を初めて見ても、もちろん接近する気持ちなどなく、このひとかと思い、葉山三千子をワキにして私の目の前で行なわれた寸劇を、ぬすみ見て、二人が肩を並べて出て行くのを見送っただけであった。

数年前に谷崎さんが私の鎌倉の家に見えて話した時も私はその時のことを持ち出さなかった。正直に言って大学を出たての青年の目には、その時の谷崎さんは着ている洋服からしてきざで身につかないように見え、言動も、こちらで考えている作家らしい落ち着きがなく、何か浮わついて余分なことをしているひとのように見えた。洋服でもネクタイでもおしゃれだったのは周知のことである。しかし一番身についたのは、晩年の渋い和服ではなかったのか？　どっちかと言うと、洋服の谷崎さんは、舞台の敵役によく出て来る男のように見えた。ただ、その余分のことが出来る都会生まれの人間に珍しい積極的な性質が、上方に移ってから源氏物語などの古典世界と結婚し、それ自ら新しく古典となる優れた作品を生むことになった、と今の私は見るのである。

大正の大震災に箱根で出会い、関西に移住して、そのまま居ついたのが、谷崎さんの中期以後の仕事を決定した。横浜のバンド住まいや、本牧で暮らした日々が、谷崎さんの作品に、どのくらいの深度に投影しているか？　そのことは、やがて、文学史家の尋ねる問題となろうが、「本牧夜話」のほかに随筆評論で、映画を書き、女や猫を書き、文明批評風の軽快なエッセイの中に、当時の横浜の生活で受けた影響が見えている。そのころ、アメリカの映画雑誌をとり、広告欄までこまかく目をとおして彼我の相違を感じていた物好きな文士は他に例がなかった。横浜が踏み台にあって、神戸岡本の生活に自然につながり、これが日本の古典文学へ没入する跳躍台になった。

横浜時代の谷崎さんのことを記憶している人は、まだ横浜に残っていそうに思う。私などは、そのころはよく知らず、近づこうともしなかったのである。葉山三千子とは、先日の告別式に、ふとって年をとって参列していたのと挨拶を交した。

(昭和四十年八月)

小さい思い出——谷崎潤一郎

谷崎さんは大正の大震災に箱根で遭い、関西へ逃げた。その後人がすすめても箱根山を越えず上方の土地に落着いてしまったのは、関東のような地震のあるところに帰る気になれないのだと称していたが、実は、変ってしまった東京、特に文壇人との交際が急に嫌になったのを、地震への恐怖を楯にカムフラージュしていたのだと思う。谷崎さんほどの頭脳が一度大震のあった土地がしばらくは安定することや、また関西にも地震が在り得ることなどを知らないわけがない。谷崎さんは所謂文士と交際するより、老舗旧家の主人や、芸人たちと知るようになっていた。文壇人は田舎者と見ているのである。永井荷風の心情と通じるところがあるだろう。「細雪」を私版で出した時、さる友人に、こんな仕事をしたことを世間に黙っていてくれ、特に「文壇の人間」に知らせぬようにお願いすると念を入れ私信を出している。晩年に家を探しているのを見て鎌倉においでなさいと言ったら、「あんな、外に出たら、どこを歩いても文士に出会うような町は嫌いだよ。」と頭から答えた。鎌倉嫌いの理由が、文士が多く住んでいることなのである。私は、そんなことはない、鎌倉に住んでいる連中は世間で信じているほどお互いに往来はなく、他人の仕事や生活をそこねるようなことはしないのだと話したが、「でも鎌倉は嫌だね」と言った。会うことがあっても、自分の書いたもののほかに文学の話が出たことはなかった。芸者たちや、他の全然別の職業の人と話している方が気楽で好きだったのだろう。

京都の上加茂の家を訪ねた時、永居をしない用心から（私も訪問嫌いである）宿屋の女中に一定の時間に自動車で迎いに来るように言いつけてあった。お迎いが来たと言うので挨拶して別れて門を出ると、谷崎さんを先頭に家中の人が何事かあったように急いで出て来て、もう自動車に乗った私を見送った。助手台に私を迎いに来た宿の女中が夏の夕方で薄化粧していたのを、誰かが芸者とでも誤解して御注進したのか、それ、と谷崎さんが元気よく飛出して来たらしい。何でもないと判ってから、細い道を私の車が出るのを、谷崎さん以下、仕方なく並んで見送ることになって、可笑しかった。大先輩が老年に入ってまだそんな茶目っ気があったのである。

（昭和四十年九月）

思出すこと——吉野秀雄

私は家に居てもあまり外出しない。特に知人の家を訪ねることをしない人間なので、吉野さんと知り合いになったのは、戦時中、することがなくて始まった俳句の会で紹介されたのだと思う。吉野秀雄という歌人の話は耳にしていたが、私のところから家数軒を隔て、歩いて一二分の距離に住んでいたのは意外であった。散歩に出ることがあっても、近所の家の表札さえ見ていなかったのだと思う。戦争の共同の苦痛が吉野君と私を急に他人でなくしてくれた。私は歌に無知だし、他の場合には起らなかった近附きだと思う。

家が近いから、何か事が起ると、どちらからか訪ねて、話合った。吉野さんのように誠実で、学を愛する友人を得たのは、実に実にこの上ないことであった。誘い合ってよく外を歩いた。何の話をしたかよく記憶していないが、話をしなくとも満足していたのに違いない。何かの話題が出て、不明の部分があると、吉野さんは家に帰ってから必ず調べて、返事してくれた。どうも歌切の草仮名の文字が読みきれないと、何気なく言ったら、二三日して和紙を綴じた手帳に、丹念に毛筆で書いて変体仮名の表を作って届けてくれた。頼まれぬのに、こんな労をいとわぬ親切は容易に出来ることでない。万事がこれであった。私は「源実朝」を小説に書いていたので、実朝の歌をどこにどう入れるかを、一々相談した。私は始めて実朝の歌を読み、その作歌の時を知る方法もなかった。吉野さんの歌も、その頃読んで、わかっていなかったと言ってもよい。吉野さんは私の小説に入る実朝の歌を考えてくれた。その単行本が出ると、佐佐木信綱さんが書評の中で、実に適切な場所に適切な実朝の歌を入れてあると賞めてあった。直ぐその報告に行くと、夏のことだったと思う、多少酒も入っていたが、吉野さんは裸の胸を叩いて、「態《ざま》ア見ろ」と叫んだ。私は「天皇の世紀」を書くのに当り、明治天皇の御製をどれを注意して読むべきか、病気で床から立てない吉野さんに考えて貰うことにした。天皇の人間を真実に知るのに、歌以外に考える手掛りはないと信じたからであった。吉野さんは、またもや親切に、その要請に応じてくれた。いつ死ぬかもわからない。それまでに私の依頼にかなうことが出来るかどうか疑問だが、という悲痛な返事であった。それを果して、何千という天皇の歌を、読破して品別を附けてくれた。時期が来ると、私は吉野さんの判定を参照しながら、天皇の歌と取組むことに成る。故人となった吉野さんが、将来のその時にも私の側に附いていてくれることに成る。吉野さんの人間と親しくなってから、不精者の私も、吉野さんの歌だけはまるまると深く理解して、心を動かすように成っていた。

散歩の帰りは、どこかに寄って酒を飲み、激語を交《かわ》し、たいていは大酔した彼を私が家まで送って帰った。花の頃だろう、半僧坊の腰かけ茶屋で飲み、帰りに建長寺の昭堂を夕闇の中に見に行き、ふたりして断りもなく僧坊へ上り込み、仏前の太鼓を暫く叩いていたことがあった。坊さんたちも台所の方に居たのだが、呆れたものか制《と》めにも出て来ない。ふたりで存分に太鼓を叩き経を読む真似をして、いつどうやって出て来たのか、そのまま外に出て、小袋坂を越えて帰って来た。利鎌のように細い月があって、仄白くまるい月の輪郭を弧の中に抱いて高い空に在った。冷々とした夜であった。あれほど泥酔していて、その後見ると吉野さんは、その月を歌にしていた。

前の夫人がなくなってからのことだったろうか？　病院で奥さんがマグロが喰べたいと言ったとかで、小坪の肴屋に頼んだかして、マグロが手に入ったから来いと招集令が来て、駅前のおでん屋十八番に集って、皆で久し振りで意地きたなく貪《むさぼ》った。別れて家に帰ると私は急にからだが熱くなり、ゆでだこのように真赤になった。吉野さんに電話をかけると、同じ症状になって、病院へ注射に行った後だと言う。他の友人に電話をかけると、一人も漏れなく発疹していたので、皆、金太郎のような顔で病院で落合って大笑いした。相済まぬとも、吉野さんは言わず、笑っていた。

（昭和四十四年五月）

綺堂作品

歌舞伎の舞台に絢爛たる名作「修禅寺物語」「尾上伊太八」「鳥辺山心中」等を書いた岡本綺堂は、側面に「半七捕物帳」以下の優れた読物を遺してくれた。歌舞伎の舞台では、誇張やアクセントの強さが要求されがちのものだが、この読物の分野では、如何にも江戸前に淡々とした東京人の綺堂先生の面影を伝えて、着こなれた浴衣の肌ざわりの涼しさである。無理がなく素直に、読者の胸に伝わって来る。

元来、日本の文壇文学は、西洋に追い着こうと背のびした努力が目立ち、どうしたものか主として地方から出て来た人々の勉強に任されてあったもので、どことなく汗臭く、胃弱の人間に耐え得ぬ性質が附きまとった。それとは別に明治以来、別に勤勉努力もせず、自分が書きたいことを書いて楽しんでいた人々がある。文壇から戯作者のように見られていたが、案外にこの人たちの作品の中に、昔からの日本の文学を根つぎして花を咲かせたものがあった。努力よりも遊びが見えるのは、自分の楽しみの為に書いたからで、人あたりが柔かく、芯は無類に堅儀で誠実で、思いやり深く出来ている都会人の人柄から生れたせいであった。文壇の文学をそっくり田舎のひとの勤勉努力に任せて、自分たちは文士などとは考えず、楽しんで物を作り、わかる人だけに解って貰うのに謙虚に満足していた。この一列の輝かしい星座に綺堂の作品がある。「半七捕物帳」「三浦老人昔話」「青蛙堂鬼談」など、純粋に町の文学であって、あくどい自己主張など微塵もなく、材料の味をそのまま生かすのを料理のこつと心得て、こなれよく読者に渡してくれた親切な小説である。

綺堂は若い頃英国大使館に職を持っていたくらいで、なまなかの文学者にないほど外国文学に通暁していた。そんなことは素ぶりにも見せないで、この広い読書を下敷にして江戸や昔の東京の話を書いていた。フランスで言えば、美しい短篇を書いて、決して自分を出すことをしなかったカルメン、コロンバの作者プロスペル・メリメを日本に生れさせたようなもの、技巧は愚か、書いた手を一切感じさせぬ達人の文章である。夕涼みの縁台に、人好きのよい老人の昔話を聞く思いがするだろう。また綺堂は、実際に人に語らせる手法を好んで用いている。ほんとうの日本らしい文学は思いがけなく、ここいらに、まだ青い根を留めているのである。古い東京の文学というものを探したら、金沢から出て来た泉鏡花などの、生きている内から幽霊か妖精のような美しい芸者ではなく、綺堂が描いた町の遊芸師匠や、お旗本の生き残りや、裏町住いの職人に、体温の通った純粋な姿が見つかるのだと思う。

お化けの話も、石油ランプをつけていた古い明治の東京では、実に普通の町の話題であった。私など子供の頃、あすこには幽霊が出るという家のあるのを教えられたり、同じ話のある土蔵を梅雨の烟る中に見たものであった。夏になると芝居や寄席に必ず怪談が出て、人が可怖がる支度をした。綺堂先生の著作に、その時代のしっとりと落着いた季節の匂いがあり、しかも見えない下地になって外国文学がある。明治大正は自ら古いところと並んで西洋の好みがある時代であったが、今日でも新鮮でハイカラな理由なのである。私にも、この新しい出版で、おさらいする機会を得たのを悦びたい。コンピューターの現代の、初めての読者にも、思いがけない収穫と見て貰えるのに違いない。人間の大通が隠れて書いた読物集なのである。今日はもう稀れと成った世話な味を充分賞味していただくことが出来ると思う。

（昭和四十四年五月）

安鶴さんと「苦楽」

「苦楽」と言う雑誌は、終戦直後の混乱の中に、失業者が集って昭和二十一年（一九四六）十一月に創刊され二十四年七月に閉じた。占領下で米国憲兵が町を巡視し、闇市と浮浪児と、またアメリカ色が門並に澎湃《ほうはい》と起ろうとした時で、英米語の題名の雑誌が先を争って出た時代に、編集方針はアメリカのアの字も書かぬと言うを公言して起した雑誌であった。

日本の町はすべて焼けて廃墟となっていたし、過去にあった良いもの美しいものを日本人がかえり見なくなっていた時である。焼あとの東京を歩きながら、私は編集に当る須貝正義、津川溶々、営業の田中延二に、「苦楽」は鏑木清方と十五代市村羽左衛門だけで行くのだと、冗談に言い、表紙を清方先生にお願いし、朝日（と言うよりラジオ）の渡辺紳一郎さんに「パリの羽左衛門」と言う随筆を書いて貰った。東京が一番好いと信じている羽左がパリに行って何を見ても一向おどろかず感心しなかった話である。アメリカの占領がどこにあるかまったく無視した態度で、見ように依っては占領下唯一の保守反動で、懐古趣味とけなされてもよかった。とにかく当時街にはんらんした横文字に目もくれなかった。寄稿家も私が一番若い方で、老大家ばかりが中心となって、異彩を放った。小杉天外、高浜虚子、上司小劍、森田草平、その他で、国文学者、民俗学者の折口信夫さんが脚本を書き、歌舞伎俳優の個々の思い出を綴ったのだから、芝居もまだ開かない内に、思い切った打って出様であった。柳田国男さんの随筆も載った。名作とされた虚子の「虹」三部作も、この雑誌に出たものである。心ある者はこの雑誌がアメリカ軍の占領下に、ひとり日本的なものを貫いたことを知っているが、戦後文学史に「苦楽」の名が出たのを見たことがない。三号で消えた新しい同人雑誌のことは書いてあっても、新しい運動でないから「苦楽」を見なかったのだろう。古い日本の残照だった老大家の落着きはらった仕事が、どれだけ戦後の日本人の感情の渇を癒したことか、私は現在も自慢に思っているくらいである。上司、森田、折口、天外さんなどはこの雑誌に、最後の作品を示して、なくなられた。「苦楽」に書くと死ぬな、と私は悲しい冗談を言った。

少し雑誌の調子が硬くなったから、柔くしようと言うので、私は落語を連載することを思立った。これも、実際に滅亡しようとしていたのだし、江戸から明治にかけての口話文、特に下町の言葉として、早く正確に保存の道を考えたいとの頭もあった。現代のような落語の繁昌を考えられず、また今日のようにまだ落語が悪く崩れない時代だったので、東京の言葉をとらえることが、まだ出来た。昔の速記の形式でなく、音や語調を文字に出せるものならと、須貝君に誰がよかろうと相談したら、東京新聞にいる安鶴さんですねと言う返事、私もあのひとかと思っていたところで、早速安藤さんに頼んで桂文楽の話したままを筆に写して貰って連載し、これも失われて行くものと哀惜されていたので、読者に悦ばれた。現在ではレコードもあるが、文章のテクストとして、単行本にも幾度かなる、ほとんど、古い落語、やがて国語口話文の教科書と見てもよいこととなった。私は江戸の市井のこと、武士や町人の話のやり取りを書くのに、三遊亭円朝の落語や世話噺の速記を絶好のお手本とした。

安藤さんの落語鑑賞は、古い速記の上に出るもので、現在でも貴重だが、後世になるほど国文学者も注意しなければなるまい。書いた文章と違って、話言葉は口うつしより外、残らない。途中で消えたり訛って便利一辺に変化して毀れて仕舞うのである。安藤さんは実に身を空しくして、慎重に注意深く聞き、それを文章にどう書くかに苦労した。「苦楽」は途中からページ数を制限され、安藤さんの月々の原稿を、編集長の須貝君が残念ですがと言いながら赤インキで行数を削っていた。単行本になったものは、削除なく全文である。その間に、安藤さんは「苦楽」の同人のような姿となり、企画に参加し、日本人が冷淡となり自然に亡びようとしている日本の美しいもの、よいものを守備しようとする仲間の一人となった。その時そう成ったのでなく、その後安藤さんの仕事を見ると、まったくその為に生れて来たような人だったから、「苦楽」には打ってつけの同志であった。

編集の狭い部屋に、芝居の和尚吉三のような大きな彼の頭を見かけることが多かった。皆の好い相談相手だったと思う。「苦楽」の廃刊を残念無念としてくれたのも彼だったろう。まことに時は過ぎて行くである。しかし、安鶴さんは他の人間では真似出来ぬ好い仕事をいろいろと遺して行ってくれたので、有難い。

（昭和四十五年九月）

黙っていた五十年——川端康成

若い学校時代の昔の友だちの顔と言うのは、なかなかはっきりと思い出せるものでない。ふしぎに川端君だけは鮮明に近く泛んで来る。他の友人は無事で生きていても現在までの五十年の歳月が刻み込んだ変化を見せられるから、少年の日の顔が出て来ない。川端君だけは違っていた。少年の時の顔をそのまま老後に持越し、あるいは少年の時から若々しい中に五十年後の老年の顔を持っていた。本郷の一高の寄宿寮で彼のクラスは私の二年下であった。年齢はひとつ違いかと思う。この未熟の時代の二年の違いは、理由不明の間隔をつける。私はフランス法律科で、彼は英文学科で、大体、文科の学生は、その頃数もすくなく、瘠せほそっていて、弱々しく見えたものだが、その中でも川端君は夕食後の町の散歩の時など路上でよく見かけ、体格が貧しく目ばかり大きかったので、すぐに記憶した。話など、無論しない。私は寮の草野球の選手でいそがしかったし、目玉ばかりで顔色の悪い少年、川端君と共通の話題など、あるとは考えなかった。

この関係が、社会に出てからも続いた。共通の友人が多く、川端君と一緒になる時があって笑顔を交すことがあっても、とにかく川端君は黙っている人であった。文科と法科と分れて違っていたように、原稿を書くようになっても仕事の道が分れていたので、彼の仕事を尊敬していても、会って文学の話をすることはなかった。ただ一度、吉川君の文章をどう思いますかと質したら、即座に、どうも、悪文だと思いますねと答えた。どんな小説家たちの会合でも始から終まで、彼は黙っていた。同じ鎌倉に住み、東京へ往復の電車で並んで腰かけるのが、自由に話す稀れな機会であったが、能動的に川端君が話すことはなかった。それも文学より美術品の方が話題となった。その次は旅の話だが、やはり私の方がおしゃべりで、彼は聞く役である。珍しく一度だけ、私が中国の影響を受けた日本の文人画は凡そつまらないと放言したら、あの大きな眼をぎょろりとさせて、「それは、違います」と、反対した。凍雲篩雪図を彼が持っているのを忘れていた。また川端君の作品そのものが、写生から離れて白い紙の上に幻想を展開して行くものだったことも忘れていた。

　話はしないが、旅先でよく一緒になった。紅葉の秋の光悦会で落合うのは毎年のようで、お互いに、自分の知っている寺々、庭園の案内役をした。晩年は彼もホテルになったが、私は洋風のホテル生活、彼は柊屋など日本旅館で、両方の性格が出ているようであった。彼は勧めてもアルコール類に手を触れず、私は酔に勢いをかりて祇園の茶屋でもどこでも歩く。私はそれこそ鞍馬天狗だから京都の古いことは人も驚くほど精しかった。川端君には新選組の屯所、壬生の地蔵寺、三本木の廓、黒谷に在る会津藩の墓などは用も興味もない。それより町の娘さん達やその出入りする喫茶店や、さかり場の町、祭や寺々の桜や紅葉が魅力だったようである。一緒に黒部から越中立山に登った時、山登りの彼の体力の強さに、私は呆れ返った。軽量でもあろうが、弥陀ケ原から残雪もあり岩だらけの山坂を足もと悪い夕闇の中に降って、実に元気で軀の芯の強さを感じさせた。決して見かけほど弱い体質ではない。(いつか電車の中で、何か一つ病気を持っている方が仕事は出来ますねと私に囁いたことがあった)

立山から降り宇奈月温泉へ泊った時、夜はすることがなかった。どうしますと言ったらヌードスタディオをのぞきに行く、一緒に行かないかと誘ってくれた。ヌードスタディオなど、ひとりでは、私は入る勇気がなかったが、弱虫のように見える川端君の方にその勇気があり、入場料まで払ってくれ、かぶりつきの席に腰かけた。帰宅してから一年ほどして「眠れる美女」に、ていねいにサインして届けてくれたが、このスタディオが関係があろうとは思わぬが、倦くなき好奇心が、やはり天成の小説家だなとつくづくと感じた。そのスタディオの裸の女の子は脚が短く形も悪く、おまけに皮膚がよごれていた。それにしても年に一度、打合せもなく京都でめぐり合い、紅葉の下で一緒に茶を喫《くら》った古い友を失ったのである。

(昭和四十六年六月)

文六さん

いま、ここ（横浜・ニューグランドホテル）の髪床で聞いたんですけど、文六さんのうちの店があったところが、「ウォーターストリート」と言っていたというんですよ。ここの後の通りかと思うんですが、その角店だったそうなんです。いわゆる唐物屋で、輸出用、外人向けの唐物屋だから、絹のハンカチに刺繡したり、ピジャマみたいなものをつくったり、刺繡の屛風があったり、何かハイカラ屋さんだったんです。

いつか、ぼくは横浜の古本屋で、花火の絵が描いてある木版のカタログを買いました。古い横浜の人に聞いたら、「これは岩田商店で出したんだ」というんです。独立祭の花火なんかの絵をどこかでつくらせて売っていたらしいんです。

とにかく、横浜で唐物屋をやっていたというのは、大体ハイカラなお家です。ぼくも横浜の生れですが、文六さんは明治二十六年生れですから、ぼくより四つ上です。同じ横浜の吉川英治さんもぼくより六つ上で、長谷川伸さん、山本周五郎さんも横浜ですね。文六さんは、その後、遊学という形で、フランスへ行ったわけですが、向うではとにかく芝居をやる気で真剣に勉強したんですね。いろいろな劇団の楽屋へ出入りして、ジャック・コポーかな、何かそんな本を読んで勉強していたんでしょう。それで、何年も手間をかけて、フランス人の奥さんをもらって帰ってくるんだから、だいぶ年季の入れ方がちがいますね。

フランスから帰ってきて、そのころ第一書房がちょうど円本時代で、『近代劇全集』を出していて、そのフランスの部分を受けもったわけです。それに関係したのが、岸田国士、今日出海、久生十蘭……。岸田が岩田豊雄を連れていった。

その翻訳時代の間に、「新青年」に「金色青春譜」なんかを書きはじめたんですね。そのころぼくは、文六さんのそういう存在を全然知らなかったんです。翻訳家としてしか知らなかった。そうしたら、ぼくに不意に本を贈ってきて、ページに、「こういう文学を少なくとも、あなたはわかってくれるでしょうから」とフランス語で書いてあり、署名がしてあるんです。それでその時、ぼくは獅子文六さんを覚えたんです。

文六さんの小説を、漱石の「坊っちゃん」などとの関連で、「滑稽文学」とかいう人もいるけど、ぼくはそう思わない。ちゃんとした文学だと思うんです。文壇というところに住んでいる人の考えている文学のほうがおかしいんで、それは偏っているんです。文六さんの書いたものは、むしろ包容力のある、おおぜいの人が読んでもわかるようなもので、骨格は正しい。

文六さんのユーモアというのは、苦虫をかみつぶしたようなやつで、けっして甘いユーモアじゃない。「坊っちゃん」は「狸」「赤シャツ」とかいうような特徴をつけて、それを組合わせて滑稽にしてある。文六さんの小説には、ふざけるところや道化るところがない。まじめに人を書いて、何となくおかしいでしょう、漱石だってそうにはちがいないが、「坊っちゃん」なんかよりも、ほんとうをいえば品のいい上の小説でしょう。

しかし、あの人は、小説について、これは自分の本懐だと思ったことはないでしょうね。やはり芝居のほうに熱情を持っていたんですよ。芝居は「東は東」、それから自分の家を書いた「朝日屋絹物店」。あれ以外にあまり多くはないでしょう。そのくらい、自分のほんとうの仕事については、はにかみを持っているんです。芝居よりも小説のほうがうけたけれど、小説は、岩田豊雄ではなく、獅子文六だから、かえって何でも書けたんでしょう。ぼくは、文六さんは最後まで、自分の小説は余技だ、本職ではないと思っていたにちがいないと思うんです。小説だって、ほかのやつに比べればオレのほうが上だと思っていましたよ。だけど、小説は自分の志しているものとはちがうんだという考えをずっと持っていたと思いますね。

だから、文壇とか文学の話はきらいだったんですよ。とにかく手さぐりで自分の仕事をかためてきた人ですから、文壇づきあいもほとんどなかったんです。その点でぼくも似てますけど。

文六さんの二度目の細君がなくなったとき、「これは、文壇のやつはだれも行かないな」と思ったから、ぼくは行ったんです。そうしたら、「主婦の友」の別館かの、何か古い西洋館でしたね。その中の一部屋に住んでいて、そこにお棺があって、文六さんがちょこんとすわっていた。それが、文六さんとのはじめての面会です。

文六さんは、ゴルフをやるようになってから、はじめて文壇の人と顔が会うようになった。それでも講演会や座談会にも出ない。まあ文士はきらいだった。ぼくもそういう気持はわかるんですよ。あの人は、フランスのリベラリズムと、いい意味の個人主義があったんでしょうね。

文六さんとぼくとは、おたがいに訪問し合うとかいう交際はなかったんです。文六さんが前に胃潰瘍をやって手術した。今度はぼくが胃潰瘍だという噂を聞いたら、手紙を寄こして、「どうしても切れ」といってきたことがあった。自分が切って成功したものだから。

これはケチとは関係ないけれど、芸術院へ推薦したのはぼくなんですよ。みんなが賛成してくれて、会員になった。その後何かの機会に同じ自動車に乗ったら、「大佛、どうも今度はありがとう」と言うんです。ぼくは推薦文を書くのに、あの人の経歴を知らなかったから、鎌倉の本屋へ行って、新潮社の文学全集で『獅子文六集』を買い、それを見て書いたんだ。それがたしか三百六十円だった。それで文六さんに「いや、ぼくは何もしない。あ、そうそう、きみの経歴を書くんで三百六十円損したから、あいつだけは返せよ」

と言ったんだ。そうしたら、ぶつッと黙ったまま何とも言わない。とうとう返してくれなかった。

まあ、あの人は、文壇というものが地球だとしたら、地球の外側をまわっている衛星みたいなものです。ぼくも文壇とはつき合いがなく、しかも、文六さんとも離れてはいるけれども、気が合ったですよ。宇宙をまわっているうちに、どこかでランデブーをするかもしれない……。（談）

（昭和四十六年十二月）

海老さんのこと

故左團次君と会って話している時、「あれが居てくれますとね」という言葉が、しばしば出た。「あれ」とは、どの字を宛てて書けば適切なのか、頼みになる子を喪った親の歎きに似た深い心のかげりがあって、團十郎の死をいつまでも消えぬ打撃としていた。私が同じ思いでいるのを知っていて、顔を見るとその歎声が出たものらしい。

生前、世話狂言にはいつまでも無器用だと見られながら、歌舞伎の世界ではこのひとはいつか途方もなく大きな芝居をするひとと、人々の嘱望を集めていた。その大きなと言うのは、その道の伝説と成って了っている九代目團十郎の塁を摩するような大きな柄と器量を見せることであった。行き方も趣きも違っていても、九代目の死後の名優上手と謳われた人々、たとえば十五世市村羽左衛門の、何をやっても華やかな色気と輝きのある舞台振り、また二代目市村左團次の豪快な演技をも抜いて、立役として大きく円熟を期待されていたものである。團十郎を襲名する以前に既に彼は團十郎であった。不思議な魅力を持った人柄である。

五十六年の短い生涯に、ある役では、右の先人たちでは出来なかったものを十一代目團十郎は早くも築いていた。光源氏を十五世羽左衛門がやったとしたら美しくとも粋過ぎてにせ紫の草双紙の源氏か六歌仙の業平に成っていたろうし、「魔界の道真」の叡山に見た黒々と凄まじさに溢れた亡霊も、すすき野の月明に見る白衣の霊の気品高らかな姿も、二代目左團次が見せれば自ら異種の鑿の痕の荒い彫刻と成っていたろう。十一代目團十郎は、橘屋の面影に生写しと見られて、その亡い跡を埋めるものと期待され、その任を続けざまに果して来、やりにくかったことだろうと思う。洒落た遊びの味が身についた生世話の当り役には十五代には及ばなかったが、盛綱、実盛、富樫などの時代狂言の立役では、前人の持たなかった鮮烈な丈夫振りを堂々と示していたのではないか？　歌舞伎の立役を現代にも通じる新鮮なものにしたのであった。

人に依ると、海老さん（そう呼ぶ）は、古い時代物より新作を開拓して歌舞伎の為に成功するのではないかと言うのを私は聞いたことがある。私は、そうとは信じなかった。どこまでも彼は歌舞伎の孤城を守り、伝統の輝きを伝えるように生れ、またそのとおり、彼の出現に依って埋もれることなく舞台に残った役々がすくなくない。誠実一途のひとだから、古い型を熱心に考え、あの大きな押出しと、真似手のない強い声量で、時代狂言の典型的な役々を演じた。よく溶けた鉄を古い鋳型に流し込んだとも見えようが、素材がまたとなく良質で、素直に先師の道を辿った。大きな眼の睨みは現在の海老蔵にも伝えられているが、強い魅力であった。あの目だけでも、独立した生きもので、由緒古い歌舞伎の生命の、輝いた燃焼を、観客に焼きつけるような印象を与えた。

高麗屋さんが良い息子さん達を残してくれたので助かりましたと、現在は歌舞伎の歴史とも成っている尾上多賀之丞さんが真実を込めて、私に囁いたことがあった。歌舞伎はもういけない、亡びると、誰か古い俳優があの世に逝く毎に、口癖のように人々に言われたものだが、そうした危機をいつか忘れ、次に来ているもっと若い世代の未来にまで希望を感じさせたのは、確かに海老さんを頭にする男性的な三兄弟が強い支柱と成ってからであった。

優れた走者を幸運がトラックに送り出してくれたので、リレイは続けられた。反対の場合を考えて貰えば、このことは、疑う余地なく明らかである。この人々が居なかったら、歌舞伎の舞台で見ることが出来なくなった伝統的演技が、一体どのくらい在ったろうか、十一代目の死が、特にそれを重要な範囲について感じさせた。彼はやはり著しく恵まれた男であった。生れつき歌舞伎俳優の素質を豊かに持ち、しかも無器用だと一部の評者の声に囲まれながら大きく成長の段階を示して次第に天成の光を放ち始めた。器用でなかったので、強かったとも云い得る。

無器用だったことは否めない。足の運び方にしても膝に癖があって一生、彼について廻った。直せばよいのだが、直せないのである。「雪たたき」の第一幕、堺の波止場で夫の舟出を送る臙脂屋の吟子と公卿の飛鳥井とがそれとなく夜の逢引を約束しているところを、偶然に通りかかる木沢左京の役を好演したことがある。私の脚本では、「下手から来た浪人木沢左京（編笠、大刀を一本差す）まったく無表情に、前を通って、振向いて見たが、上手に入る」とト書にあるくだりだが、初日の時、海老さんは側の小屋の暖簾をくぐって出た時、もう編笠をかぶっていて、そのまま、つかつか歩いて入ってしまい、後の幕で大きな役をする人物とはもとより、どこの誰か、顔も見せず歩いて奥に入って仕舞った。芝居にならないのである。不義のふたりを偶然に見かけて通ったので、それがあとの芝居の展開にもつながり、通るだけのことに大切な意味が附いていた。第一、最初から編笠を深くかぶって出たのでは、客が待っている市川海老蔵が出たことさえ、お客には判らないのだ。暖簾を分けて出て、無関心にしろ男女ふたりを見据えてから、手に持っていた編笠を始めてかぶって、悠々と立ち去る。こう注意したら、放心に依る自分の失策に気がついたらしく、にこりと笑ってお辞儀をした。次の日から、きちっと、そのとおりに直したのは、無論である。この木沢左京も海老さんの傑作となった。浪人らしいふてぶてしさと、人を人と見ぬ強く溢れた気力を彼ほど鮮やかに示し得る俳優は、彼の後にもう無いようである。気性が荒いのではない、覚悟がきちんと定まって、凍結したようにこれに触れるもの一切をはねつけて、相手にしない性格である。その一国さが、海老さん自身のものだったように思返されて、今は微笑したくなる。

一国な気性は、「大仏炎上」を上演する時、私との衝突に成った。私は平重衡を彼にあてはめて書き、奈良東大寺が焼きはらわれ、まだ余燼の燃える荒涼たる焼あとに、大仏の巨大な体軀が余燼の中に頭部を地に落して残っている前に、攻撃軍の大将で緋縅の鎧をつけた海老蔵の平重衡が無限の感慨を抱いて佇む姿を思い描いて書いたものであった。用語が古文なり仏語が多く、俳優が覚えるのは大変なこととは推察していたが、手打ちも済んでさて稽古に入る日が来て、上演を中止して欲しいと彼から申出たのである。一週間後に初日を開ける歌舞伎座のビラも番附も刷上っていたし、海老蔵が鎧を着て重衡に扮装した写真入りの広告さえ各新聞に出ていた。他の俳優たちにも書抜がまわり台詞を覚える努力も始められていた。これが、本読みに入ろうとする寸前に、皆が集る前に、私の他、数人の者に話があると言うことで、何かと思うと、これを中止したい、とても出来ないと真剣な態度で言出したのである。目出度く手打ちまでした後に、芝居の方では、ないことであった。台詞が覚えられないのか、と思った。脚本は私にしては珍しく、二ヵ月以上も前に書上げて渡してプリントして人々の手に渡っていた。励ましてみたが、駄目であった。同席した長老の左團次君に向って、「如何でしょうか」と海老さんから助力を求めると、日頃おだやかな左團次君が、実際に珍しいことで「私は知りませんね」と突っぱねるように言切って、赤い顔して黙り込んだ。始末のつかぬことと見たのであろう、奥役をしていた友人が私の側に来て、散歩でもして外で待ちましょうと、たくみに屋外に誘出してくれた。私は腹を立ててはいない。ただ驚き呆れていた。台詞を覚えて了った他の俳優のみならず、舞台の内外の人々の蒙る迷惑を彼は無視する態度である。私の退席後に、どんな話が行われたのか知らない。稽古場近くの公園を友人と歩いて大川を眺めて待っていたら、申訳ないが上演中止ということに成ったと知らせて来た。私はそのまま帰って来た。誰も海老さんを抑え得るひとはなかった。その後に友人から、その時、海老さんが、大佛先生は役者を木偶と思っていらっしゃると口走ったと聞いたので、こちらは親切が仇となったかと失望し、断念した。偉大ともなり得る彼が持っている未知の可能な性質を抽出して見たい気持でこちらは一心に成っただけの話。やはりその席上でのことだが、魔界の道真まthen大佛先生のお作について行けましたが、殺生関白の時からうまく行きませんでしたと正直に言ったそうで、その言葉には、私も、そうかも知れないなと、友人に向って首肯した。

　平重衡を稽古の日に成って出来ないと言出したのも、彼が満足するまでに納得（？）行かなかったものと見える。海老さんは、台詞が全部入って仕舞わないと舞台に出なかったそうで、掛りの者が困ったらしい。対人的には無口で温和で、決して人をそらさないが、家のひとや附人に対しては抑えている激情をしばしば爆発させた。松緑さんの鼻柱に刃物の傷痕があったので、役者の表看板にどうしたのかと尋ねたら、なァに小学校の時に、兄貴にやられたんですと明朗に笑って話してくれた。

内攻的で、仕事を持つと、その一事に精神が集中し、他のことを構っていられなくなる悲しいほど生真面目で律義な気性なのであった。舞台で見る彼の美しさは、その一心不乱の性質が結晶した瞬間が、その最たるものである。舞台の古強者ならば、間を抜いて遊んでいられる場合を、彼は決して遊び得ない不幸な美徳が身についていて、演技の間に凝集した火花のような悲壮な輝きを見せた。私は彼が麻布の国際文化会館の会員になっているのを名簿で見て、どうしたことなのかと疑った。あすこは、外国から来た学者の宿をする。後の十一代市川團十郎は、初日が近くなると、麻布鳥居坂の奥にあるこの殺風景な外人ばかりの学者宿にひとり籠城して、外界と断絶し、台詞の暗記や、稽古に日夜没頭する。台詞を覚えに行くのですと簡単に答えた。並大抵の心掛で出来ることではなかった。気の毒になるほど真面目なのである。歌舞伎は主客の遊びが芯のものとされているのに、それを覚えるのに彼のは苦行僧の生活の面があった。おだやかな笑顔の背後に、悲しく思い詰めた形相が隠されていた。「大仏炎上」が上演されなかったのは、台詞の難解の問題ではなく――これは後に幸四郎君が兄貴の弔合戦ですからと笑って新帝国劇場のコケラ落しに上演し、理解が行きとどき声の美しい見事なエロキューションを聞かせた。海老さんが演じなかったのは、序幕の壮大さから進むほどすぼまって淋しくなる劇の展開に本能的な違和を感じたのではないか？　二度目も上演を止め、三度目にやらせて欲しいと話があり、今度は私の方が断った。生真面目なひとが、そこまで来る間に、どんなに傷つき易い心を苦しめ、無関係の周囲の人を悩ましたことか？　私が最後に見た彼は、病室の夜の、灯を暗くして既に意識なく横たわっている姿であった。かえすがえすも残念なことである。

彼の死を聞いて、依頼されて新聞に感想を記した。あわただしく書いた短い文章にしろ、今も私は、そのとおりに信じている。前文と重複する点のあるのはやむを得ぬが、追悼の記録としてここに留めておく。全体の要約と考えてもらいたい。

團十郎の喪失によって、やはり歌舞伎は埋められない大きな空洞を持った。実際にこの人は器用の方でなかった。芸にしてもまだ、うまいとは言えないが、やがて素晴らしい大器が出ればこのひとと、いつまでも期待出来たのが不思議なほどである。人によると、古典歌舞伎は無理で、いわゆる書きもので大きく働くのではないか、といったが、ドラマを見るのでなく、役者を見る仕組みの歌舞伎では、やはりこのひとの柄と美しさと、それにおそろしく立派な声音とが、舞台に出て来るだけで、芝居を大きくした。だから、対面の工藤祐経とか、天下茶屋の当麻《とうま》三郎右衛門とか、すわっているだけで、また、ぬっと出て来るだけで、大歌舞伎に見えた。このひとだけに助六らしい花やかな助六を見せるひとも、もう、しばらく現れないだろう。切られ与三郎、片岡直次郎など、十五代羽左衛門の模本のように見られる損な立場で、また決して完成されたものでなかったが、もう見られないとなると寂しい。いつの莟《つぼみ》会の舞台だったか、歌右衛門の傾城と松緑の赤っ面と、殿様姿の市川海老蔵と、並んで舞台にせり上がって来た時の、大きな小屋全体のどよめきを私は忘れることが出来ない。実際に、生きた錦画の三枚続きの壮観で息をのむ思いがして、歌舞伎とは正しく、こうしたものと信じられた。せりが停止して、動き出してからのことは別である。ああいう歌舞伎が生きている瞬間は、今日以後見るのがまれになる。三枚続きの一枚を失くしたわけで、惜しくてたまらない。盛綱、実盛、石切梶原の生じめのかつらがよく映る男前、難しい白や紫の衣裳が似合うマスクは、容易に得難いものである。舟橋聖一君の「源氏物語」の光源氏を作ったことは、今となっては彼のライフ・ワークと言い得よう。

私が書いたものでは「魔界の道真」の菅原道真の三つの姿、太宰府で臨終のひとと、黒い亡霊となって怒りにまかせ柘榴の実をかんで妻戸に吐きかけ火炎とする場面のものと、月夜のすすき野で自分の静かな心境を物語る白衣の亡霊の姿と、これはもう、團十郎以外のだれにも示し得ない立派な傑作となったのを私は喜んでいる。人気のもととなった世話の色男のひとではなかった。骨格の大きい品位のある役をやらせたら、ちょっと類がない。これは粋すぎる十五代羽左が及ばず、前の左團次の柄に風格があるが、品位の点で前代の名優たちも一歩を譲るもののように信じられる。「若き日の信長」は彼の傑作と言われ、自身も好んで、くりかえして演じた。しかし私は、まだまだ、これから、もっとよくなるのだと思い続けて見て来た。激昂したり怒ったりする場合の彼の演技は見事であった。しかし、何でもなく普通の場合が、まだ拙かった。これから雪が落ちて来ようとして天地の鎮まり返った舞台にひとりで出て来て、「静かだな」と、ひとこと、言う。その短い台詞が、いつも怒っているように強いものになる。静かなのを叱りつけるような大声で雪になる底冷えする静けさが出て来なかった。きめのこまかい演技のひとでなく、太い線が神経のはり詰めたものを出すのに成功した。家の芸の江戸の荒事に、ほんとうに向いて育ったひとだったのだろう。

几帳面な人柄で、台詞が入らないと舞台に出ない。あのとおり人あたりよかったのに、神経質でかんしゃく持ちで端の人に怒りやすかったように聞く。比類のない人気につつまれながら、ひどく孤独だった人のような気がする。酒の上で私は、手ぬぐい一本の簡単な挨拶で市川團十郎襲名をしたらよいと強言した。年がいなくこれは私の負けで、團十郎の気性ではそれが出来なかった。歌舞伎俳優として殊に市川宗家としての格式を細心に守ろうとしていたので、あのとおり大がかりな襲名披露となり、それによって歌舞伎がまた盛返したように言われた。歌舞伎というのは、見せるものなのである。その典型的な俳優が、十一代市川團十郎だったので、そのひとをなくしたことが、歌舞伎にとって如何に大きな損失か、はかり知れぬと思う。歌舞伎好きの木村荘八氏が生前に私に言ったことがある。「芝居はうまいとは言えないんですが、海老さんが出ると舞台がまとまって、如何にも歌舞伎らしくなる。言えば扇の要のようなところにいて、なくてはいけないひとなんですね」

姿のひとを失くして、歌舞伎が内面への航路をひらくかどうか？　團十郎が残して行った課題である。弟の松緑君がサルトルの「悪魔と神」に体あたりで挑んで舞台は成功した。死とともに誕生の努力も続けられているのだ。

（昭和四十五年十月）

Ⅳ

鞍馬寺

今度、私は、鞍馬山の僧正ケ谷へ行くつもりで鞍馬電車の終点で降りた。僧正ケ谷まで行っても鼻が高く鳶の嘴《くちばし》のように口が尖って曲った昔の住人を見ることも最早あるまい。横浜のホテルニューグランドの売店で、外人観光客を相手の土産物の中に、赤い天狗の面がいくつも陳列してある。天狗の面が外国人に歓ばれるのかねと真面目に質問したら、応接間や玄関の壁に置いて外套や帽子掛けにするらしいのですとあった。突出した高い鼻がその役をする。天狗たちに代って私の鼻の根もとが痒くなった。末世、誰も顔の赤い天狗の魔力を信じなくなった。

今年（一九六五）の春は大陸から送られて来た寒波が空の高層に停頓したとかで、桜の花がおそかった。「花咲かば告げんと言ひし山里の」のうららかに風情ある季節だが、鞍馬電車は空いている。終点で降りたのは中年以上の人たちばかりで、それも年齢で肥りかけた女人が多い。その人たちと一緒に、土産物屋の並んだ駅前の広場の閑散とした中を歩いた。

二十年ほど前に鞍馬寺まで歩いて登った時の記憶がまだそのあたりの村の姿に残っていた。清少納言が「近くてとほきもの、鞍馬の九曲《つづらおり》といふ道」と書いた曲折のある山坂や石段を、頭をなでてやったら山上までついて来た村の赤犬を供に連れて、休み休み歩いて登った。

その急坂を、仁王門のすぐ上からケーブルで数分で頂上近くに出て了う。見晴台があったのから、麓を見おろすと、真下の電車の駅前の道路が曇天の光を受けて白く樹間に見え、旧道の坂のけわしさが知れることであった。深い樹林が階段状に重なって斜面を埋めているのである。おさない牛若丸が鞍馬山に入り、覚日阿闍梨の弟子となって遮那王と名乗った。『平家物語』では東光坊の円忍の弟子覚円坊円乗を師匠としたと記してあって、どちらも東光坊にいたことになっている。東光坊の建物は残ってないが、坂の途中にある由岐神社の近くに在ったのだと伝えられる。つづら折の登り坂の中腹であった。

母の常磐が清盛に従ってから、二人の兄が、今若は醍醐に、乙若は八条宮法親王に仕えてそれぞれ出家させられ、稚ない牛若だけが母のところに残ったが、常磐が清盛から離れ、公家の一条長成に再婚してから、そちらに連れて行かれて養われた。しかし、左馬頭義朝の子供だと言う故に、やはり清盛などの目から逃れる都合があった。そこで七歳の時に、鞍馬寺入りである。東光坊の阿闍梨は、義朝の祈禱の師だったと『義経記』に出ている。

義朝の末の子である。「平家世ざかりにて候に、女の身として持ちたるも心ぐるしく候へば、鞍馬へ参らせ候べし」。乱暴者だが、おとなしく成るように本を読むことを習い、経の一字でも覚えるようにしてくださいと、母から東光坊に申入れて承諾を得た。日本一の美人も子故に苦労をしている。一条長成は歌舞伎では、作り阿呆の大蔵卿で隠れて源氏に心を寄せる者、常磐がまた烈女となっているが、必ずしもそうでなく、心弱く運命に柔順なだけの男女だったらしい。

今でも鞍馬山は、町から離れて山間深くに隔てられている。延暦十五年に建てられて毘沙門天を祀った。まったく不便な山中にあったのに違いないが、いつ頃からさかんになったのか、嘉保元年にここの寺僧と賀茂の神《じ》人《にん》と何かの原因で闘争したことがあり、『中右記』、『百錬抄』にその事実を書き「鞍馬寺大衆賀茂社神人乱闘事」と記してあるから、寺に僧兵、山法師を擁していた。白河天皇が上達部《かんだちめ》六人、殿上人二十余人を従えさせられ行幸されて御経供養を行った記録もあり、信仰も集めて関白藤原師通を初め、貴人が都から遠い道を参詣した記事が残っている。『更級《さらしな》日記』を読むと、女たちも出かけて参籠することがあった。

「春ごろ、鞍馬に籠りたり。山際かすみわたりのどやかなるに　山のかたよりわづかにところ（山芋）など掘りもて来るもをかし。いづる道は、花も皆散り終《は》てにければ何ともなきを、十月《かみなづき》ばかりにまうづるに、道のほど山のけしき　このごろはいみじうぞまさるものなりける。山の端、錦をひろげたるやうなり」

修辞だけのことではなく春にも秋にも都人が訪れたらしい。これは寺に入るまでの表側の道のことで、奥山に入り、昼なお暗い僧正ケ谷に降りることは、もちろん、なかったろう。この寺の山法師と賀茂の神人とは度々大がかりの喧嘩をしたらしく気が荒かったのは本尊が毘沙門天だったせいとは限らないで中世の山僧の気風であろう。しかし、鼻の高い眷族がいつからこの山を巣にして、大木が崩れ倒れる天狗倒しのような原因不明の物音を夜更けの山にひびかせ、杉の木立を飛び移る羽音や無気味な笑い声を虚空に聞かせたのか？　やはりこれは牛若丸の伝説が出来てから、その周囲に生れたらしい。羽団扇を持った大天狗僧正坊とは何者か？　僧正ケ谷の主《ぬし》だったのに違いないが、『義経記』には、「鞍馬の奥に僧正ケ谷といふ所あり。むかしは如何なる人の崇め奉りけん、貴船の明神とて霊験殊勝にわたらせ給ひければ、智慧ある上人もおこなひ給ひけり。鈴《れい》の声もおこたらず、神主も有りけるが、御神楽の鼓の音も絶えず、あらたにわたらせ給ひしかども、世末になれば、仏の方便も神の験徳も劣らせ給ひて、人住み荒し、偏へに天狗の住家《すみか》となりて、夕日西に傾けば、物怪《もののけ》、をめき叫ぶ。されば参り寄る人をも取り悩ます間、参籠する人もなかりけり」

夕日西に傾けば、物怪、をめき叫ぶ、とは、なかなか実感をそそる好文章である。今の貴船の社は、鞍馬電車の終点の一つ手前から貴船川の清流について山の奥に入るが、この文章では昔は鞍馬山から僧正ケ谷を越えて貴船に降りたように書いてある。牛若がいた東光坊からは一度寺まで登ってから後の峯に入り、反対の斜面に隠れた僧正ケ谷にまた道をくだる。私が今たどる道である。山上の鞍馬寺は火災のあとの新築の本堂。庫裡も同様である。そこから奥山の道にかかるが土留めの石を置いた平凡な急坂。日が晴れて来るにつれて汗をかいた。

やがて古い杉の根もとに義経背比《せくらべ》石というのが柵を結って立ててある。奥州にくだる時に牛若が、この立石と背をくらべたと言うのだが、小さい祠があって蠟燭が上げてあった。誰が思いついたものか？　こんな石の高さほど、まだ小さかったと言うことなのだろう。その前の道路に新らしいボール箱に入った電球が、かなり沢山に地面に置いてある。何の為かと疑って見たが、鞍馬の大杉をさがして別の方角に道を降りて行くと、樹間に鉄柱を立て、電気工夫が登って何か工事している。鞍馬山がやがて夏の夜の都会の若者たちの散歩の為に電灯を点じることになったので、鼻の高い連中には、いよいよ住みにくく明るくなるらしい。

電柱の上の工夫を見上げて、

「天狗杉は、こっちへ降りるんですか」

と、尋ねた。

返事がかなり遅れてあって、

「私は耳が遠いんでね」

では、仕方がない。自分でさがすことにして木の根が無数の蛇のように地面に匍っている道を入って行った。なるほど注連縄《しめなわ》を張って雄大に太い杉の幹だが、惜しいことに中途から折れて、枯れて朽ちている。拝殿の小屋を設けてある。

前年の落葉の中だが、山は浅い。小鳥が明るい声でしきりと啼く。背比石にまた戻って来ると、電車で一緒だった袋のように肥った老婆の一行が山道をぞろぞろ歩いて来る。私は急に可笑しくなって、僧正坊に出会おうとする大望をこの辺で捨てた。

僧正坊

『義経記』には僧正ケ谷が天狗の住家となっていたと書いてあるが、牛若丸が天狗を相手に何か習ったとはしてない。父義朝の家来鎌田正清の子で三郎正近と言うのが頭をまるめて法師となっていたが、ひそかに鞍馬寺に来て、ある夜、人が寝鎮まってから牛若の側に来て、源氏重代のことをくわしく耳に入れて、成長してから謀叛を起すように勧めて立去る。十歳にもならない者が、そのことを忘れなくなった。
「明暮謀叛の事をのみ思召し、謀叛起すほどならば、早業をせでは叶ふまじとて」夜になって人がいなくなると、敷妙《しきたい》という腹巻に黄金作りの太刀をはき、けわしい奥山越えに貴船の社まで行き、「源氏を守らせ給へ。宿願まことに成就あらば、玉の御宝殿を造り千町の所領を寄進し奉らん」と、子供らしくない祈誓を立てた。

それから西南に向って立ち、四方の草木を平家の一類と見て、二本あった大木の一本を清盛と名付け、太刀を抜いて散々に斬りつけ、ふところにして来た遊戯の木製の玉を木の枝にからめ、重盛が首、清盛の首として獄門にかけ、あけがたに帰って「衣《きぬ》引かづき」寝た。

こう言うのであって、僧正ケ谷も僧正坊も出て来ない。『源平盛衰記』でも、牛若が学問などしようとしないでただ武勇を好み、弓箭、太刀、力、飛越、力業などして谷峯を走り、「児《ちご》共若輩招き集め碁、双六隙なかりければ、師匠も持てあつかひて」で、ターザンの真似から始めて麻雀までさかんにした。これが後年の義経の「すずどき」人間を作り出す基礎になったらしい。

反対に『平治物語』では、昼間は学問に専念し夜になると終夜武芸を稽古した。「僧正ケ谷にて天狗と夜な夜な兵法を習ふ」。一番古いこの『平治物語』に先ずちらと天狗が見え、その後のものに影をかき消したが、飛行自在で、深山を住みかとし魔法を行う神秘な存在が、せっかく奥山に棲むと信ぜられながら牛若の教育に関係ないのは勿体ない話なので、謡曲や舞曲に招かれて行って、不遇の牛若の側で重要な役目を宛てられた。

僧正ヶ谷に近い不動堂まで降りると、私は義経堂と言うのがある前に出た。義経が奥州衣川で戦死した時、鞍馬山の僧正坊が飛んで行って連れてここに戻り、義経が霊となって復活して僧正坊とともに棲んだのをここに祀ったものだと掲示してある。ここにも不死の話がある。僧正坊は、やはり居た。『雍州府志』の巻の四に、「この山の西北に僧正谷あり、山門の慈恵僧正、魔となりこの山に棲む」。この坊さまが、銀のような白髪、朱の法衣を着て羽団扇を構えていたものかどうか、私の知るところではない。僧正坊は、どうやら謡曲の方の創作である。

「鞍馬天狗」は有名過ぎるとして、「野口判官」がある。天狗物が多いのである。播磨国は加古郡野口村に教信上人と言う出家がいた。陸奥、衣川の出身と伝えられたが、その人の霊が同じ衣川から出て来た旅僧の前に立って物語る。実は自分は判官義経なのである、と名乗って、衣川の館で最期の折の模様を物語る。

地謡「一時が程のたたかひに、〳〵、寄手の死骸は数しらず、義経の味方、思ひ〳〵に討死すれば」判官「義経しづ〳〵と義経しづ〳〵と、よろひぬぎすて座をくみ、すでに、自害の時節かと、思へばにはかに吹くる嵐の、雲水うづまき震動して、寄手はあやふき有様哉、そもそもこれは鞍馬の奥僧正が谷の、大天狗なり」

それから僧正坊のことばとなる。

「さても源義経若年の昔より我にちぐうの心ざし、深き験をみせんとて、地「木枯や〳〵、嵐の颪にうづ巻きたり、黒雲のあまぢ（天路）に乗物をととのへ、飛行自在の通力を出し、へんまんすること不思議なり」小天狗「時刻移して叶ふまじ〳〵と、彼乗物に義経を引のせ、太郎坊次郎坊左右に立渡り前後を飛行し、雲や霞の跡はるばると、播磨の国に教信といはれしも、我義経が名を残す法名、顕す今夜の草の枕、〳〵に、夢は破れて覚《さめ》にけり」

あわや、義経が死のうとする所へ、鞍馬山の僧正坊が御眷族を連れて虚空を飛行して来る。支度して来た乗物に義経を乗せ、左右を天狗どもが守って、雲や霞の中を遠く飛んで連れ去った。

僧正ケ谷の義経堂のあたり、大木はあるが谷は浅くやはり昼なお暗いとは言えない明るさで私がいる間に、四十ぐらいの女で男のズボンをはき運動靴をはいた女学校の体操の教師とも見えるひとが不動堂の前に直立して声高く祈禱をささげるのを見かけた。

私たちは別の低い尾根にかかって山路を越える。そのひとの声がしばらく続いて樹間に聞こえていたが、やがて切字と言うのか、気合をかけるような鋭い声を二度三度、短く高らかに叫ぶ。寺に入るずっと前に、別の堂でこのひとが物に憑《つ》かれたように熱心に祈禱しているのを見かけた。それから私たちが奥の院へ行って朱印など貰っていると、同じ人がまた後から追着いて来て、同じようにあたり憚らぬ声で祈り始めた。

連れが写真機のフィルムを入替える間を私は石に腰かけて待っていた。その女人がえいッ、えいッと言うように叫んで行を終え堂から出て来た。

「小母さんは元気ですね。ずい分足が速い。すぐ我々に追着いて来る」

と、話しかけたら、親しげに笑顔を向けて話した。

「これで、私は、からだ中、悪いところだらけなんですよ。でも、この山へ来ると、からだが軽くなって、山坂を飛ぶように歩けるのです」

すなわち僧正坊の御利益なのだ。奥の院で貰った神札には鞍馬山魔王尊の守護云々と朱で刷り出してある。中世の暗黒な夜に、奥山で誰のするものともなく大木が倒れて谷々に轟き鳴るのを、天狗倒しとも天狗が大勢集って笑う声とも聞いたとしても怪しむに足りない。里の者が物の怪《け》や人間の生霊死霊が憑《つ》くことを、朝廷や社寺を中心にして、つまり当時の知識階級が一般に在ることとして疑わなかった時代に、今よりも山が深く老杉で暗く蔽われていた僧正ケ谷に、夜になると人知れず入って牛若丸は早足、飛越、武芸を稽古した。寺の者が見つけて、人間の子供がすることでないと見たのも当然であろう。ずっと後の『太平記』の北条高時の時代になると、天狗たちは田楽法師と化けて鎌倉の御所の中に入って来る。執権ともあろうひとに天狗舞いを教えて翻弄する。星月夜の鎌倉の春の宵より、都の北山の鞍馬の夜はずっと闇が深く、人間の気配など絶対になかった筈。樹下の闇の中からひそひそと人の話声が聞こえて来たり大杉の枝から枝を飛び渡る者があったら、天狗と見たのに違いない。豪胆でも、まだ十歳前後の少年の牛若である、樹の蔭、藪の後に何かがいると信じた瞬間があったとしても自然である。異国の「真夏の夜の夢」の妖精たちと同じ存在である。

かなり急な坂道を貴船の社に向って降りた。山椿の花が散って落葉の上や岩の上に乗っている。まだ見えぬ麓から流れの音がのぼって来た。すべらぬよう足もとに用心して降りながら、牛若も毎夜この坂を貴船に向ったとしたら、あかつきの戻り道は苦労だったことと我身をともに同情しながら考えた。

五条橋

五条橋の牛若丸には、まるい大きな月が忘れずに空に描かれる。あれは春の月なのか、夏の夜の月か？『義経記』などでは夏の晩のことになっているが、お伽草子の領分には季節がない。荒法師、武蔵坊弁慶が大なぎなたを揮るって息をあえぐほどの闘争をしたとしては、受ける印象はふしぎと優しく、もの柔かく朧ろな春の宵の月のように想われて来るのは、私だけであろうか？　牛若丸は女に見せ衣をかぶり、笛を奏でながら登場する。

笛は平家の方のお家のものらしいが、いつの間にか、牛若義経が持つようにされて、しかも名手ときめられた。浄瑠璃姫のところへ通うのにも、恋の小夜曲のように、遠くから笛の音を先触れとする。源氏の家にはないことで、義経には甥の実朝の作歌でも笛の調べの優しさとは違う。もっと雄々しく太く、強い生命感に充実されている。五条橋の牛若の出に、笛を奏でさせたかったのは一般の人情の方であろう。その上に、五条橋の話を作った都のひとは、牛若を東国の人間よりも京育ちに仕立てたかったのだ。平家の公達と同じ風雅の遺伝を牛若に見つけたかったのである。

それにしても、私どもに牛若丸と言って直ちに泛《うか》んで来るのは、この五条橋である。山の夜の僧正坊とともに事実は月夜の影のように朧ろなのだが、詩としては水際立って鮮明である。美しい稚児と、黒色の巨人の弁慶と、コントラストが巧妙で、その後の生涯を貫ぬく美しい主従関係の門出の場所として設定された。「勧進帳」の弁慶の忠義も、最初に五条橋の出発がなくては、厚味を失うことになろう。大男の弁慶が、この橋の上で牛若丸に心服する。明治の小学唱歌の「京の五条の橋の上」は誰の作詞なのか、必要な生地だけのものに洗い出されて、この稀有の遭遇を国民の詩とした。

古い時代からあったものは、「橋弁慶」の謡曲にしろ、『義経記』、『弁慶物語』の記述にしろ小学唱歌の簡素さがなく複雑でくどい。「橋弁慶」では牛若の方が千人斬りを目的として出て来る。敵、平家の者を千人まで斬ろうとするのだから当然の志のようだが自然ではない。『義経記』では、弁慶の方が千本の太刀を強盗する目的で夜毎に出て来る。『義経記』では、場所も五条橋でない。

弁慶は、人の重宝は千揃えて持つものだ。奥州の秀衡は名馬千疋、鎧千領、また九州の松浦党の首領は胡籙《やなぐい》千腰、弓千張を揃えて持っている。自分もそうしたいが彼らのように金がないから買って持つわけに行かぬ。夜になってから町に出て、人の帯《は》きたる太刀を千振り取って自慢にしたいと、夜な夜な町に出て通行人の太刀を奪い取った。「洛中に丈一丈ばかりある天狗法師の歩《あり》きて、人の太刀を取る」と評判まで立つ。樋口烏丸にある御堂の天井に隠しておいて、ある時勘定して見ると九百九十九振り蒐集が出来上っていた。もう一振りである。六月十七日に五条の天神に詣でて、今夜こそ、よい太刀が手に入るよう御利益をくださいと祈って南の方に通りを歩いて行き人家の築地の蔭に立って、天神に詣でる人の中によい太刀を持つ者はないか、物色して待つ。そこへ笛の音が近づいて来る。まだ若い男が白き直垂《ひたたれ》に胸板も白くした腹巻きをつけ黄金造りの太刀の実に立派なのを帯びている。

牛若の方では弁慶を見て、あやしい法師が太刀をさげている。この頃都で人の太刀を奪い取る話があるのは、あいつに違いあるまいと考える。弁慶の方では優男と見て、おどかして渡さなければ、突倒して奪い取るつもりで出て行く。これで格闘となって、「御曹司、『彼奴は健猛者《けなげもの》かな』とて、稲夫《いなずま》の如く弓手《ゆんで》の脇へつと入り給へば、打開く太刀にて築地の腹に切先打立て、抜かんとしける暇《ひま》に、御曹司走り寄りて、弓手の足を差出して、弁慶が胸をしたたかに踏み給へば、持ちたる太刀をからりと捨てたるを取つて、えいやと言ふ声の内に、九尺ばかりありける築地にゆらりと飛上り給ふ」

　弁慶は胸を強く踏まれて、鬼神に太刀を取られたような心持で、あきれて立っていると、これからは、こんな乱暴をするな。この太刀は貰って帰ってもよいのだが、欲しくて取ったと思われるのが厭だから、返してやるぞと、築地の屋根に押しあてて、足で踏んで曲げてから投げて返した。弁慶はくやしがって、築地から降りて来るところを斬ってやろうと思い、牛若がゆらりと飛降りたところを斬りかけると、地面にあと三尺のところまで降りながら、軽くもとの築地に飛び返った。

　これが『義経記』の記事だが、室町時代の小説の『弁慶物語』では、「よしつね何かと、とび給ひけん、うしろとびに、たうのちうへ、とびあがり、それより一ぢうづゝ、しだいしだいにとびあがり、九りんにこしをかけ、御心ざしあらば、これへのぼり給へ」と言ったとある。飛行の術である。塔のてっぺんの九輪にまで飛上って腰かけた。下にいる弁慶に、「お心ざしあれば」ここまでおいで、と言った。

『義経記』の牛若弁慶の対決は一度だけでない。第二次は次の日、清水寺観音の縁日に、弁慶の方が牛若の太刀に執心で惣門で待伏せる。夜が更けても来ないので帰ろうとすると、清水坂のあたりに笛の調べが聞こえて来る。「弁慶は福徳も欲しからず、ただ此男の持ちたる太刀を取らせてたべ」と、観音に祈って待つ。この夜のいでたちは、昨日に引替えて「腹巻著て太刀脇挟みなぎなた杖に突き待ちかけたり」で、用意万全である。御曹司太刀抜き合せて弁慶が大長刀を打流して翻弄した上に、「夜中遊んでやってもよいが観音に願がある」と置き去りにして歩き出した。弁慶は、まだ太刀が欲しい。尾行して行くと、清水堂に入った。格子のあたりで経を読んでいる声が、牛若のものらしい。法華経一の巻である。弁慶は長刀を正面の長押《なげし》の上にあげて、太刀だけ持って大勢いる中に、「堂の役人だ、通してくれ」と乱暴に押分けて入って、牛若が経を上げる後に踏みはだかって立った。さっきまで男のなりをしていた牛若はこの時は女の装束をして衣をかぶっていたので、弁慶は牛若とわからず太刀の尻鞘で脇の下を突き「ちごか女房か、こっちも参詣するのだ」と、押しのけようとした上に、牛若がひらいて持っていた経の本を取上げて、弁慶は叡山西塔の僧で経を読むのが得意なので、「立派な経だが、お前のか」と言って自分が朗読する。これが甲の声、牛若が乙の声で、字毎に律にかなえて二の巻のなかばまで一緒に読んだ。そのあとで弁慶が手を取って引立てるようにして堂の南側の扉のそばまで行き、「どうしても欲しいからその太刀をくれ」と言う。それなら勝負の上でとなって、双方抜合せて斬り合った。女や尼童ども、「あはてふためき縁より落つるものもあり、御堂の戸を立て入れじとするものもあり」、両名は高く突出した例の清水の舞台で決闘する。やがて太刀の背で散々に討ちひしいで、上に乗って「降参するかどうか」と言ったので弁慶が初めて屈伏し、弁慶が着た腹巻も取上げ、太刀も取ってしまい、連れて帰って家来にした。

混雑して、なかなか簡単な出来事でない。これが室町の『弁慶物語』になると、最初は月のあかるい六月十五日の夜、北野の社殿、次には八月十七日に清水観音で出会い、「堂の内はあまり人目然るべからず」と連立って坂を降りて五条の橋まで行って、「源九郎義経生年十九歳」と名乗り弁慶も「生年二十六歳」と名乗って渡り合う。大分、当世めいたことになるし、稚児の牛若丸でなく元服して義経を名乗っていたことである。牛若丸の五条橋は、言葉すくなく簡素化されて童話の世界に物語られてから、その夜の空の月のように明るさを増し、美しく中空に澄んで来たものらしい。まだ母親の常磐のもとに居た頃の話になっているものもあるが、その頃から牛若丸が天狗飛切りの術を体得していたとは信じ難い。六歳で鞍馬寺に入るのである。

五条橋は、里芋のようにまるい牛若弁慶のコンクリート像を町なかに飾ってある今日の場所ではなかった。『平治物語』に平家方で五条橋をこわして、橋板で六波羅に防塞を作ったと記してある橋は、今の松原通りに在ったので、現在の六条坊門に移ったのは、後の世の秀吉の時のことで、秀吉が伏見の城から都へ入るのに都合のよい道筋に渡して、通りの名も五条通りと変えてしまったのである。牛若と弁慶を銅像に作るなら、ロダンやマイヨールあたりの彫刻のように裸像で巨人を組伏せて立つ美しい少年の姿にした方が現在の心に通じる。服飾や説明を剝《はぎ》取って、意味だけの純粋なものにして見せればよいのである。

金売吉次

鞍馬の寺では、人知れぬ牛若の夜の外出がやがて発覚する。遠く五条橋まで出かけたのでないとしても、人がおそれる深夜の僧正ケ谷へ行って、明け方に帰って来て、知らぬ顔して衣をひきかつぎ、寝ている。それでは昼間ねむたかったろうと察せられるが、勉強中居ねむりした記録は、どの物語にも残ってない。世話をしていた和泉と言う坊さまが、夜中の他出、ただごとではないと思い、目を放さず、ある夜、あとをつけて行って隠れて草の間から見て取って、牛若の非行のほどを東光坊に報告した。

師の坊は大いに驚かれて、「牛若殿の御髪《ぐし》剃り奉れ」と言出した。危いところで、牛若は坊主にされるところである。何しろ美少年である。謡曲の「鞍馬天狗」に、「言の葉繁き　恋ひ草の、老いをな隔てそ　垣穂の梅、さてこそ花の情《なさけ》なれ。花に三春の約あり、人にひと夜をなれ初めて　後《のち》いかならん　うちつけに　心空に　楢柴《ならしは》の　馴れは増さらで、恋の増さらん　悔やしさよ」と、この山に年経《ふ》りたる大天狗が見てふらふらしたくらいの美貌だったから、上の僧から抗議が出た。「をさなき人も様《よう》にこそよれ、容顔世に越えておはすれば、今年の受戒いたはしくこそおはすれ、明年の春のころ剃り参らせ給へ」それはいかん、すぐ頭を剃って坊主にしてしまえ、と僧の中にも強硬派の荒らっぽいのが主張して出た。衆道に嫉妬はつきものである。そこで牛若を呼んで集って剃ろうとすると、気の強い牛若が誰だろうとも側へ来たら突くぞと刀の柄に手をかけて構えた。

これでは、あぶなくて衆僧も手をくだせない。一時預かりときまって、覚日坊の律師の手もとに落着かせて学問させることになった。それ以来、夜の貴船詣でも止まり、その代り多聞天の堂にこもって、謀叛のことを熱心に祈り続けた。

この牛若が鞍馬の寺の封鎖された生活から脱け出して、奥州平泉の藤原秀衡のところへ行ったのは物語では金売吉次と言う商人が誘って案内したことに成る。

金売吉次の話は、物語の本に依っていろいろに違って説かれているが、僧正坊や五条橋の弁慶などよりは遥かに、在り得た現実性が感じられる。

この時代の奥州と言うのは、東国も武蔵野のまだ奥に遠くあって、都の者には外国のことのように信じられていた。外国でなければ、国境近い辺境である。寺の稚児だった若者が、金売吉次の案内でそんな遠国に遥々と下って行く話は、少年の日に私どもが耳を傾けて、旅の心細さや来る夜の暗さを思わずに、ふしぎと幼ない者の心を誘う明るい詩があった。ただの「旅への誘い」ではない。寺の生活から解放されて自由の天地に出る悦びが想像された。金売吉次と言うのが、公家や武士にない新らしい因子として、行動を拘束されない姿勢に、のびのびとした性質が感じられる。それも頼もしく思われた。この男には東国の人間の風骨が感じられた。少年であって平家を亡ぼす大望を抱く牛若を窮屈な寺の外に連れ出してくれ、それが商人であって、都と奥州の辺境とおそろしく広い空間を往来して変った生活をする人間なのである。牛若を連れ出して貰うのに、冒険と期待と信頼とが寄せられた。ほかの人間や、梅若丸の場合の人買いの商人ではもとよりいけない。

遠い陸奥の国は奈良の昔から黄金を出す土地と謳われた。真実、どの程度に金が出たか不明だが、昭和廿五年に中尊寺の藤原三代の棺をひらいて調査した時に、どうして入れてあったものか、清衡の棺から金塊が一個、出て来た。表面がなめらかなのが谷川などの急流で洗われて磨き上げられた自然の姿なのである。どこかの川から出たのを、砂金でなく大きいので目出度いとして清衡が手もとにおいて手沢《しゅたく》珍重したものなのか？平泉の衣川の里には、吉次屋敷の址と言うのがある。まだ土を掘起したばかりの晩春の田圃に沿って、礎石が散らばって残っている草原に私も行って立って見た。最近の発掘と調査で、離れた場所に塔の心礎も残り、私人の屋敷址でなく、名も残らなかったかなりの寺の址だと決定された。大きな門の礎石も見られて、金売吉次が金持ちだったとしても、これだけ規構の巨大な屋敷を持つことは昔ならば許されなかったろう。ついでに言うと、平泉から一ノ関を経て、自動車で仙台に帰る道に、金成《かんなり》と言う町を通り抜けた。『平泉雑記』には、金生と書いてある。これが、吉次の出生の土地と伝えられていて父親は炭焼を業としていた藤太と言う者で、ある時都の公家の姫だが清水観音の夢のお告げがあって訪ねて来たと名乗る女人が、この炭焼の家に泊って女房になり、三子を設けて、橘次、橘内、吉六と名づけて、家が繁昌した。その女房がこの土地から金が出ることを感能して、掘る場所を一々良人に教えた、と言うのであって、黄金に関係した断片的な話が、砂金のようにまだこの付近の土中に隠れて残っている。

三人の子が住んだ三ヵ所の屋敷の址が山上に残り、近くに金山沢と言う字名があり、旧街道の鶏坂と言うのは、藤太が黄金で鶏を作って埋めたと伝えられてから起ったと言伝えている。奥州栗原郡仙台領の金成村の八幡の社から小さい金の鈴を掘出したが、福寿延長子孫繁栄の八字を刻んであり、これは黄金《こがね》商人橘次信高なる者の屋敷があった場所で、この橘次が遮那王と名乗っていた義経を案内して秀衡のところへ送りとどけたと近藤重蔵の談話として松浦静山公の『甲子夜話』に紹介してある。同じ栗原郡三戸畑村から黄金の鶏が掘出され、口碑によると金売吉次の屋敷の址だと『商人鏡』にも掲げられた。三戸畑は、三つの屋敷のあった場所の意味でもあろうか？　柳田国男氏が金売と炭焼とは、いつも関係が深いと書いていられたように記憶するが、炭焼藤太の子が金売吉次で遠く都まで出て来て三条のあたりに屋敷を持つ大福長者であった。

それよりも『義経記』では「その頃三条に大福長者あり、名をば吉次信高とぞ申しける。毎年奥州に下る金商人《かねあきうど》なりけるが」としてあるのは、その頃になると、京都が本店で奥州は出張先のようである。この金売吉次が「鞍馬を信じ奉りける間、それも多聞に参りて念誦してゐたりけるが、このをさない人を見奉りて、あらうつくしの御児《ちご》や、如何なる人の君達《きんだち》やらん。然るべき人にてましまさば、大衆も数多《あまた》付き参らすべきに、度々見申すに、たゞ一人おはしますこそ怪しけれ」

行く度に、ひとりぽっちで多聞天の前に出て祈っている美しい稚児を見かける。衆僧とも離れ孤独でいるし、よしありげなので心をひかれる内に、かねて奥州の藤原秀衡からこの寺に左馬頭義朝の遺児が入っていると聞いていたし、秀衡がその事実に深い関心を持っていたのを思い合せて、牛若に言葉をかけて見る。あなたは、どなた様のお子ですか、私は京の者ですが、黄金をあきなって毎年奥州に下ることが御座います。もしや、あなた様が、奥の方にゆかりの方でもおありでしょうか、と尋ねると、牛若は仰せのような特別な生れの人間ではありませんと答えただけで、相手にならなかったが、この男が噂に聞いた金売吉次なのだな、奥州のことをよく知っていよう、と、幼時から大望だけを養って来たことだから、既に十六歳にもなっていて、心をひかれたのは争われない。「陸奥《みちのく》とは、どのくらい広いところですか」とこちらから尋ねる。

熊　坂

陸奥《みちのく》の模様を尋ねてから、その中に源氏平家が闘う時が来たら役に立つべき者が、どれほどいるだろうか、と尋《き》く。その時、吉次が、奥州の藤原秀衡の名を出して、従う郎党が十八万騎もいる。これはお味方になるものだ、と牛若がまだ源義朝の忘れがたみと名乗らぬ内に心得た様子で話して聞かせる。

『義経記』では、吉次が秀衡から左馬頭の君達《きんだち》が鞍馬と申す山寺に入っている。これを奥州に迎えて、磐井郡（平泉）に都を建て、自分たち父子で仕えて源氏を主人にして威勢をほしいままにしたいと話していたと聞かせ、「かどはかし参らせ、御供して秀衡の見参に入れ、引出物取りて徳（に）付かばや」と慾得の打算から奥州に誘ったように成っている。美しい稚児で、その上血統正しい生れだからである。『平治物語』の記事は、『義経記』と反対に牛若の方から鞍馬に参詣の吉次に向って「この童を陸奥国へ具して下れ。ゆ、しき人を知りたれば、その悦びには金を乞ひて得させんずる」と申出たので、お供申すのはやさしいが、お寺の坊さま方からお咎めがありましょうと躊躇すると、自分が失踪しても誰も問題にしないと主張するので、それでは追って日を定め、迎えの人を寄越しましょうと約束し、やがて下総国の者で深栖三郎光重の子陵助《みささぎのすけ》重頼と言うのを迎えに寄越した。聞けば源三位頼政にゆかりの武士なので、初めて牛若は、「今は何を隠しまゐらせ候べき。前左馬頭義朝の末子にて候、母も師匠も法師になれと申され候へども、存ずる旨はべりて、今までまかり過ぎ候へども、始終、都の栖居難義におぼえ候、御辺具して、まず下総まで下り給へ、それより吉次を具して奥へとをり侍らん」と話して、十六歳の承安四年三月三日の明け方に、鞍馬を出て東路に向うことになった。つまり吉次は、最初話をつけて、人を迎えに寄越し途中からまた出て来て、奥州平泉の秀衡のところへ送ることになる。

この経過は、物語のことだから、それこそいろいろに説かれたし、それは、どちらでもよいことである。奥州の金商人と言う特殊な身分の者が牛若を遠く北方の秀衡のもとに伴って行った事実のみが、模糊とした靄の中を渡る橋のようである。

源氏の御曹司として大切にして連れて行ったようにも見えるが、舞の「烏帽子折」では、人目を警戒する用意よりも、人買にさらわれたように、吉次の従者となり、太刀をかついで供をして、長者の館に泊った夜、酌をしろと命じられて馴れないことで、銚子の酒をこぼして叱られる。「腰越状」にも義経自身が、「身を在々所々に隠し、辺土遠国を栖《すみか》として土民百姓等に服仕せらる」と、流浪中、苦労したことを訴えているのである。十六歳で身寄りのない少年が連れ出されたことだし、決して一路平安と言うのではなかった。やがて、勇壮な「鏡の宿」の伝説が出て来るが、これだって、考えように依っては、都にまだ近い土地で、夜盗が集団で旅びとを宿に襲撃することが珍しくなかった当時の世態、地方の旅行が広漠としたすすき野原や昼も暗い森など多くて、山賊や夜討の盗人に自由な機会をひらいていた証明のようなものである。

鏡の宿に着いた夜に、牛若は「夜更けて後、手づから髻《もとどり》取り上げて、懐より烏帽子取り出し、ひたと著てあかつき打出で給へば」で、烏帽子親もなく自分で元服し、源九郎義経と名乗った（『平治物語』）。少年ながら源家復興の大志を抱いて、ひとりで成人式を行ったことだが、旅先の夜の泊りの、灯火も暗く侘びしくひとり居る姿が浮き出て来る。

謡曲の「烏帽子折」では鏡の宿に着いた夜に外に六波羅の平家方の急ぎの使者が来て、「義朝のおん子牛若丸、鞍馬の寺にござありしが奥へおん下りのよし平家聞こしめし、急ぎ召し取つて出だす者あらば、望みをおんかなへあるべきとのおんことなり、皆々その分心得候へ」と触れて歩く声を聞いて、牛若が「確かにわが身の上にて候、このままにてはかなふまじ、急ぎ髪を切り烏帽子を着、東男《あずまおとこ》に身をなして、下らばやと思ひ候」で烏帽子折をさがす。

シテ「やがて烏帽子を召され候へ」
子方「心得申して候、さて烏帽子は似合ひて候ふか」
シテ「さん候ふ　日本一似合ひて候」

あとに続いて、持ってまわる話の筋があるが、それは捨ててもよい。

牛若丸が十年にわたる寺の生活から離れ、初めて広い世界に出た最初の日なのである。その夜に源九郎義経と名乗る。ここで、どの物語にも、元服した御曹司の為に華やかなカデンツァが付けられる。『義経記』では由利太郎、藤沢入道と言う二人の賊の巨魁だが、謡曲、舞曲では、熊坂長範と名乗る夜盗が襲来して来る事件である。熊坂長範は中世の袴垂保輔、後の石川五右衛門と並び、我が国では代表的大盗の列に坐る巨星である。東京の神田明神の山車《だし》の人形に、古くから有名な熊坂長範があった。連雀町で持っていた山車で、青物市場があった多町の鍾馗《しょうき》の人形とともに夏祭りの名物になっていた。

この髯だらけで大太刀を抱えた盗賊が出てから、『義経記』の由利太郎、藤沢入道の方は影が薄れて牛若の相手は、世に熊坂長範に限ることとなった。椿の花の品種に八重の大輪で火を吐くように色が紅くて、熊坂と名付けられたものがあるのは、能舞台の熊坂の、頬をふくらませた大きな面に似通うと見立てられるからだろうが、花の名に残るほど後代まで名を知られることになったのだから、泥棒にしても面目であった。しかしその大きな体格、雄偉な押出しに五条橋の弁慶のにおいが感じられぬこともない。対照的に、牛若の義経が美しく描かれることも相変らずである。

謡曲では、美濃国赤坂の宿のこととなっている。長範は、大福長者の金売吉次が泊ったと知って手下の者大勢に夜討をかけさせ、自分は外で待っている。

しかし、内には強い牛若が待っていた。

「夕べも過ぎて鞍馬山、夕べも過ぎて鞍馬山、年月習ひし、兵法の術は　今こそは、あらはし衣《ぎぬ》の端戸《つまど》を開きて沖つ（置きつ）白波、討ち入るを遅しと、待ち居たり」

僧正ケ谷の深夜の修行が、ここで験をあらわす。

熊坂長範は手下の者が散々に破られて雪崩を打って逃げて来るのを怪しんで様子を聞き、「東海道に隠れもなき熊坂の長範が、今夜の夜討ちを為損《し》じては、いづくに面《おもて》を向くべきぞ、ただ討ち入れや、兵《つわもの》ども、」と大声叱咤し、閧を作って斬って入った。「熊坂の長範六十三、熊坂の長範六十三、今宵最期の夜討ちせんと、鉄履《かなあしだ》踏ん脱ぎ捨て、五尺三寸の大太刀を、するりと抜いてうち肩げ、踊り歩みに、ゆらりゆらりと、歩み出でたる有様、いかなる天魔鬼神も、面を向くべき様《よう》ぞなき」

これが、しのぎを削り、秘術を尽して大太刀で闘って、御曹司の小太刀に斬り立てられて受太刀となり、散々に斬られて深手だけで十三ヵ所と言うことで、さすがの巨人も絶体絶命に、組んで力の勝負しようと叫び、大手を広げて飛んで掛ったが、諸膝を斬られて、かっぱと転び、起き上がろうとして突立ったところを、「真向よりも幹《から》竹割りに、上帯きはまで」割りつけられて、「ひとりと見えつる、熊坂も、ひとりと見えつる、熊坂の長範も、ふたつになってぞ、失せにける」

熊坂の地名は加賀国に在る。そこの出身であろうか。美濃まで出稼ぎに来て賊の大将となり海道に悪名をとどろかせたが、最後は、ふたつになって了った。昔の作詞者は折目正しく、まともに構えながらユーモアを知っているものだ。

秀衡

さて私は、藤原秀衡のことを書くことになる。元服したばかりの源九郎義経が、草も深く森も多い野を越え川を渡って、遠く奥州まで頼って行くのが彼である。ところで道の案内に立った金売吉次や赤坂の宿の熊坂長範が子供の絵本の中の影だけのものとなって了うことがあっても、この鎮守府将軍とは、私は実際に対面している。むろん生きている時の彼ではない。死後のものである。しかし、その時受けた印象を忘れなかろう。

奥州藤原氏三代の遺体が中尊寺金色堂に葬られていた。その三個の金棺の蓋をあけて昭和廿五年三月に行われた学術調査は今日考えても実に劃期的な大きな仕事で、その時まで疑問の多かった課題を、初めて解決して学界に報告を送った。私は委員の一人として、開棺に立会い、義経の庇護者だった藤原秀衡の遺体を見た。ミイラになっていたが、これは、実にその人であった。義経の周囲で、物語の上でも史実の上でも、終始変らぬ同情を持ってくれた人物、更に人間としては鎌倉の頼朝も及ばぬほどに大きく、寛大で、北方の巨人なり王者の名に値したのがこの秀衡である。

巨大な勢力の影を中央にまで感じさせながら、山河を隔てて遠方に在ることで、都の方ではどうしても関心の薄い、卑小なものと見ようとした。鎮守府将軍に任ぜられ陸奥守を兼ねた時に、都で公卿の代表的人物の藤原兼実が、秀衡の任官のことを聞いて、「乱世の基なり」とも「天下の恥何事か之に如かんや」とも日記の中で酷評した。都の貴族たちから見れば、奥州の荒えびすで、野人で、内地の窮民の移住者か浮浪人の首長の、実力だけあるものの程度と、故意に卑しめて見ていた風がある。家柄でもない者を鎮守府将軍、陸奥守に任じたのを見て憤慨して、これは天下がみだれるもとだと公卿気質で極言した。義経は、その人を頼って都を落ちて行き、秀衡の庇護の下に成人する。京都にはない環境に、進んで身を置いたことである。平家の天下で、寺に入って生活するよりほかに生命を全うする道さえ危い源氏の公達の一人を、秀衡の大きな力がつつんで養ってくれたのである。父も母もない義経に取っては実に最大の恩人だったわけである。秀衡と言うひとは中央に野心を持たない。政治的な設計から源氏の御曹司をかばったのでなく、却って後年にこのことが奥州の藤原氏の滅亡する原因にまでなるのだ。ただ人間として純粋に、義経に同情を持ち、成人させ立派にしてから世間に送り還したのである。

この秀衡の金棺の蓋をあけて見た当時の私のノートから再録させて貰おう。頼朝、義経の墓の在りかが今日もあいまいなのにくらべて、北方の巨人は、その遺骸を光堂の金棺の中に横たえていたのである。

「バスを降りて杉並木の間の急坂を登りはじめると、樹上に残った前日の雪が、時折り煙をあげて我々の頭上に降りかかって来る。雪晴れの美しい空で、白色の平野を貫いて流れる衣川の水の色が空よりも更に青く、見おろされる。中尊寺の本坊に着くと遷坐式の行われた昨日と違って全部の雨戸を閉ざしてある。屋内の光が暗く一層寂莫としている。屋根の雪消の点滴の音が絶間なく聞えるだけである。しんしんとして寒かった。

三代の棺を内陣から後の書院に移し、読経が行われ、調査団も入場した。泉三郎の首桶を床の間の違棚に、三代の棺は壁の前に安置してある。床の間に近いのが、初代清衡の棺で、基衡、秀衡の順になっている。寺僧の手で清衡の外棺の蓋が除かれると、さびた感じの金棺が現れた。光堂の印象から期待された絢爛たるものでなく、金の色がずっと沈んで、落着いたものである。箔を置いたものでなく金泥を塗ったのではないかと言う囁きも聞かれた。板の合せ目に細く布を敷いただけで、板の木地を彩ったものである。基衡の棺は更に金が剝落して、漆の下塗りのとの粉が残るだけだが、所々に金箔が鈍く光っている。秀衡の棺は昭和六年に新たに作ったもの、金色燦然として、真新らしい。

　三代秀衡の棺を最初に開くことになって、次の間に運び、強い照明光を当てられた。大きな瞬間が来たことが感じられた。三代の栄華の絶頂に在って、鎌倉の頼朝にも憚られる大きな勢力だった人物の遺骸が、今、私の前に現れようとしているのである。厳粛な空気の中にも心のときめきが覚えられる」

以下は、当時、私が書いて新聞に発表した文章の一部である。

「昭和六年の開棺の折に入れた白色の石綿が、うすら青い影を抱き湿気を含んで、おのれの重味で沈下している。覆われて下に横たわっている人体の形が、その為に感じられたばかりか、右の膝のあたりが現れ、顔の部分も白い石綿にほのかに肉の色がのぞいている。(中略)先ず顔面を覆う石綿が除かれる時が来た。立会っていた寺僧は、皆、合掌する。赤い色が透いて見えて来て、次第に顔の形が現れて来た。

石綿が吸収した湿気が遺骸に変化を与えなかったかと学者たちが不安を感じていたものが、やはり現実に現れていた。人が最初に見たのは、まぶたの肉が失われて目が深くくぼみ落ちていることと、唇と鼻頭の、いたましい損傷である。それにしても、このマスクは人の顔の輪郭を彫刻的に残している。彫刻が未完成のまま、既に仕上った時の全体の美と力とを示し始めた段階を見るようなものだと言おうか。白骨では無論ない。肉の厚味も残り、皮膚も部分的に止まっている。石綿がふくむ湿気の害をまだ受けなかった昭和初頭、それよりも更に古く元禄年間の記録が、尊容生けるが如しと伝えたのは誇張ではなかったものと信じられる。総体の色の印象も暗いものではなく明るみを残している。朝比奈博士の発表でも、トノコがかった灰色と言う言葉が用いられた。

次いで石綿を取り除かれた胸部は、一層見事に、武人の胸にふさわしく強い張りを示して、たくましく盛上っていた。木彫の仁王像の胸が感じられる。肩もしっかりして円味を帯びている。時間に抵抗して永く保存せられるように処置されたものか、乾燥した自然の仕事かは、専門家の調査を待って決められることだろうが、とにかく、これは不思議なことである。

私は義経の保護者だった人の顔を見まもっていた、想像を駆使して、在りし日の姿を見ようと努めていたのである。高い鼻筋は幸いに残っている。額も広く秀でていて、秀衡法師と頼朝が書状に記した入道頭を、はっきりと見せている。下ぶくれの大きなマスクである。北方の王者にふさわしい威厳のある顔立と称してはばからない。牛若丸から元服したばかりの義経に、ほほえみもし、やさしく話しかけもした人の顔がこれであった。長谷部言人博士が、これは六十歳を過ぎた老人ですね、と穏やかに言われた。若い義経と向かい会っている場面も空想せられる。損じてはいるが、顎の強く張った力強いマスクである」石田茂作博士がこの時より後に三代の秀衡と二代基衡の遺体と、いつの頃か入れ違えたのではないか、と疑問を提出され、学界もこれを容認した。元禄十二年に伊達藩が光堂を修理した時、作事奉行遠藤四五右衛門が中尊寺の僧三人と、棺をあけて遺体を見た記事が残っている。「三代何れも白装束、錦の直垂袴なり。印は三代各別なり、面体何れも常の人と異ならず、小鼻ひしげたり、何れも長さ並人より大きなり。何れも結跏趺坐なり」としてあるが私が見た時は、どれも衣類は埃となり遺骸の下にある部分を残すだけで、結跏趺坐の姿勢も崩れていた。棺を動かす度に破損し変化したものであろう。

平　泉

その時代に都の人には、奥州はまだ、なかば塞外の土地に見えた。奈良朝の頃まではアイヌの蝦夷《えぞ》が住む領分である。多賀城、伊治城を築いて中央の勢力範囲を奥まで進め、やがて今の平泉がある衣川一帯が、両方の切線となり前哨基地となって、前九年の役、後三年の役を経てから、奥羽六郡を形の上だけでも中央の支配の下に置くことに成ったものの、都の人から見れば、いつまでも外国のように遥々と遠い思いであった。

今年（一九六五）の春、私は平泉へ行き北上川の対岸にある東稲《たばしね》山の頂上まで登って見た。アメリカ軍がテレビの中継塔を築いたので強引に道路をつけてあったが、町役場が出してくれたジープで、辛うじて急坂を登る。岩の多い山頂から四方の眺望は山また山の雄大なものである。蛇行する北上川の両岸の狭く細長い沃野のほかは、折重なる山地高原で、桜の木が一本、山腹の崖にひとり満開の花を咲かせているのと対照して、北は岩手の山々、西は秋田、山形との国境の奥羽山脈の冬の雪を白く日に輝かせて灰色の雲とつながる。東は宮城に越える山地で、大きな高原が幾重となく階段となって続く。そのあたりが、天平の昔は、外塁線の壕をえんえんと山の尾根に築いて蝦夷と中央とが対峙した伊治城、新田柵など在った栗駒の山地だろうか？　大きなパノラマの中に人家の聚落は、北上川の岸に寄った平泉と一ノ関、上流に水沢の町を見るだけで、まだ冬のきびしさの残っている山地の一部に、焼畑を作る火か山火事の煙か、遠く強い風に吹き流されている。大きいが冷え冷えとした眺めである。

これが今日の風景として、十六歳の義経が、越えて来た時の、この山地や高原、出水に流れるがままに河道を変えていた北上川の流域は、どれほど、遠く旅に出て来た思いを知らせたことであろう。

鞍馬山を脱け出たのが三月三日のことだから牛若が奥州に入ったのは、夏に近い。こちらへ来ると、今も山野に野生の山吹の花が多い。それと梅雨近い靄の中で郭公の声が切《しき》りと呼びかわす。そして、旅の少年は、草野の向うに、浮島のように平泉の都が森につつまれて現れて来るのを認める。未開に近い山と森より他にない野中ばかり旅して来た者に、これは砂漠の上に見た蜃気楼のように思われたろう。丹《に》塗りの廻廊をめぐらした大きな楼閣がいらかを列《つら》ね、池の中の島に塔もそびえ立つ。町を作って人家が並び、市が立って雑踏している。晩春初夏で、東北の永い冬の呪縛から人が解きほごされる時季である。毛越《もうつ》寺《じ》の池にはあやめ、菖蒲の紫の色が点じられていたろう。私が訪ねた五月の末に、今年は冬が特に永かったが、杏、桃、桜が一時に咲いてけんらんとした春をひろげていた。

義経は、六歳で鞍馬の寺に送られて、京の都を碌に見てない。事実は、清水堂も五条の橋も知らなかった筈なのである。京よりも狭い土地に、毛越寺、観自在王院、無量光院と、いずれも池があり中の島があり、丹塗りの鼓楼、鐘楼、廻廊に囲まれた大きな堂が、ほとんど隣合って在った。その後の山の上には、堂塔四十余宇、禅坊三百あまりと記録された中尊寺がある。砂漠同然の草野を渡って来た少年を瞠目させたことは疑いない。藤原氏の館があった。伽羅の御所、柳の御所と称せられたとあるが、この呼び名は後世のもののように推測されるとしても、北上川が今日よりも東稲山に寄って流れ、河岸の沃野にこれらの館が築かれていたとして、寺々の遺跡から考えても御所の呼び名にふさわしい威容を連らねていたものであろう。衣川の関として奥地の平野を監視する山上の城だったこの地に初代の清衡が入って、藤原氏の勢力の拠点としてから、ざっと九十年間に、三代にわたって、これだけの堂塔を築いて、後年に頼朝が攻め入った時に、今日残る金色燦然たる光堂が杉木立の野天の間に建てられており、三代秀衡の造営に依る無量光院が宇治の鳳凰堂にならって左右に翼堂のある丹緑の二階堂を池の水鏡に映して、その池の中の島に塔があるのを見て、鎌倉にない威観に征服者の方が三代の勢力を思って舌を捲いて驚いたくらいなのである。

清衡が平泉に移る前にいた豊田城は、水沢から北上川を渡って対岸の山地のかかりに在る。現在の江刺市餅田と言う場所だが、これは清衡の父親の藤原経清の築いたもので、後三年の役の戦功でこれを与えられて清衡が住んだものである。平泉へ行ったついでに、この城址を見に行ったが、土地の人に尋ねても城址のあることなど知らない。それらしい地形の丘をあれかこれか、と迷いながらさがして、往還のバスの停留所の切岸の上が麦畑になる。古い松の木に茅葺屋根の小さい堂があるのを見つけて登って見ると、草の中に江戸時代に建てた碑があって、そこが奥州藤原氏の、平泉以前の居館の址なのを知った。新道を作るので土を削り落した崖の鼻の上で背後にひろがる狭い麦畑が八百年前の館のあとらしい。隣が変電所で危険と掲示して金網の垣をめぐらした中で、モーターが真昼のしじまに唸っている。

崖の下、前面は昔、北上川の河床だったらしい沃野のひろがりで、畑に耕してある。今の北上川は、ずっと、その遠方に遠ざかって、林だの村の蔭になってここからは見えない。桃の花が咲き、下のバスの停留場に村の娘さんが立って待っている。清衡や、その父親の経清がいた城の址だったとは、町から離れているし、土地の人も最早、関心ないのであろう。奥州藤原氏と言えば、平泉の方に深く結びついている。

豊田から平泉へ移ったと言うのは、衣川の関と称せられて国司が支配し中央の軍隊の前線基地だったものへ、塞外の在地勢力だった人間が部下をひきいて進み出て新らしい支配の拠点としたものである。

豊田から水沢を経て、平泉へ出る間は、後三年役の古戦場であった。低い丘と低地の谷とが、起伏して幾重か並んでいる。清衡が敵の本拠を攻撃する為に白鳥の在家を焼きはらったと記録されている白鳥と言う村の名も、衣川と隣合せて、今の街道筋に残っている。衣川は小さい川だが、上流の山の雪消の水を集めて、深く水量ゆたかに草野の間を流れて北上川にそそぐ。その合流点を見おろす森のある切岸の丘が、高館で、やがて頼朝に追われた義経の最期の場所となった居館のあとである。少年の義経はそんな運命が自分の未来に在るとは今のところ知らない。

　そして衣川に沿って高く続く丘陵が中尊寺のある関山で、この名も以前の衣川の関から出ている。北上の大河を壕にして景勝の土地。ここに、「三代の栄華」と言われた曠野の中の都が築かれたものである。

光　堂

「三代の栄燿一睡の中にして、大門の跡は一里こなたに有、秀衡が跡、田野に成て、金鶏山のみ形を残す」と、一種癖のある名文で芭蕉の『奥の細道』は記した。この大門が毛越寺の南大門のことだとすると、芭蕉はこれを中尊寺の門と誤解したので、元禄の頃の毛越寺の境内がそれだけ草深く荒廃していたことを知らせる。池の中の小島で二つの橋をつなぎ、正面の廻廊の奥に円隆寺の本堂があり、これと隣合せた嘉勝寺に法華経二十八品が扉や壁に一面に画いてある絢爛たる姿など、想像も許されない草の中だったのである。

今日も、もとよりその目もあやな壮大な規構は見られぬが、英国の風景画のように横に広い空間の中に水の静かな池が松山や岸の巨木を映す鏡となり、水のほとりに岩組も洲浜のあとも形をとどめ、広い境内には当時の礎石や雨落ちの溝のあとが、――つまり芭蕉が見ることが出来なかった古い址が明らかである。『奥の細道』が、清衡、基衡の名を挙げず泰衡についても言わず、「秀衡が跡」とのみ言っているのは、奥州藤原氏四代の絶頂の時代が秀衡の時なのが当時から世に知れわたっていたからであろう。鎮守府将軍秀衡の名は如何にも大きい。

その秀衡が建立させたのが無量光院で、池に臨んで、宇治平等院の鳳凰堂と同じ形式規模のもので、鳥が左右に翼をひろげたように楼閣がつながる二階堂であった。今日、発展して来た平泉の町の人家に取巻かれ、東北本線の鉄道線路が本堂の址をかすめて境内に敷かれ、中の島に塔のある池は形を留めながら町裏の田圃になって田植をしてある。芭蕉に見せたら、どう書いたろうかと、ひそかに楽しく空想せられるくらいに、小さい町家にかこまれて田圃の中に礎石だけ残す空地があり、入る道に、竹屋か材木屋の丸太と古い竹が積んである。

義経が来た時は、今日宇治にある鳳凰堂と同じ朱の楼閣が、影を池水に倒していた。秀衡が起居した伽羅の御所のすぐ隣に在り、無量光院の東門に続いて、徒歩で参詣出来る距離である。本尊は丈六の阿弥陀で、四壁と扉に、（これも宇治の鳳凰堂に今日磨滅して消えようとしながら残るとおりだが）観無量寿経の大意を壁画で描き、その上に秀衡自身が狩猟をしている情景がえがき添えてあった。阿弥陀仏を祭る仏寺の壁に鳥けだものを殺生する狩猟の図とは、他に例がなく、山野に近い土地の武勇ある豪族の好みを示したもので、独創である。池の中の島には、三重宝塔があった。その塔の礎石が今日も残っている。

もちろん、仏像などは京都の仏師に作らせいろいろの装飾品や仏具の類も遠く運ばせ、その上に大工、画師などの必要の職人を大がかりに呼び寄せて仕事をさせたものであろう。僧侶、写経生なども、何百里の道を、遠国で蝦夷が住むと伝えられたこの土地まで招き入れた。無量光院跡の発掘調査報告を見ると、土中から出たのは金銀の透彫《すかしぼり》の瓔珞以下土器など極めて僅かである。元禄六年の『中尊寺並平泉記』に「野火焼テ今ハなし」と書いてあるのは、印象が強い。その野火は元亀四年とも天正年間ともされ、頼朝が攻め込んだ折の兵火ではなかったのである。かなり近世まで、藤原氏亡びた奥の土地に結構を留めていたものらしい。毛越寺は、それよりも早く建武年間に、野武士の放火に依るとかで焼亡している。

京から下って来た義経が目のあたりに見た建物で、我々に残っているのは、関山にある中尊寺の金色堂と経蔵だけである。中尊寺は、初代の清衡が豊田城から平泉に移った時に建立したもので、最初に多宝寺、次いで三丈の阿弥陀を中央に、一丈六尺の九体の阿弥陀を安置した二階大堂、大長寿院を建て、釈迦堂、両界堂の建設が続き、最初のものから約十三年後と十五年後に、経蔵と金色堂が建築せられた。

九体の阿弥陀を列ねた堂は現存のものでは大和の浄瑠璃寺本堂があるが、平泉のは二階大堂だったと言うから、規模はもっと大きいもの。それらの諸堂が、山上を埋めていた時の壮観を、義経は見たのである。

奥六郡を支配することに成った清衡は信心の篤い人物で、奥州の南端の白河関から北の外浜《そとがはま》まで徒歩二十数日の行程の道路に一町毎に笠《かさ》卒都婆を立て、その面に金色の阿弥陀像を描かせ、往還は中尊寺を通って、多宝寺釈迦堂の中間を通り、南北する旅人に信心の志を促すようにした。

寺を建て仏を造ることは、都の貴族の間の流行で、武人たちの間にもその風が伝わったが、新らしく実力あるこの北方の王者がしたことは、何もなかった広い空間に、自由で大きく遠方にわたるものだった。街道一円にずっと卒都婆を立てることなど誰も考えなかったことである。

中尊寺建立の折の願文が残っていて、清衡の発願の動機を伝えている。前代からの争乱で、官軍にも夷人の側にも多くの死者が出たからその菩提を弔い、敵味方とも浄土に往生して仏果を得させようとの祈願で寺を建て、度々華やかな法会を行った。十五年もかかって、順に堂塔を建て増して行って、金色堂の造営が最も後になった。棟木に発見された銘文では天治元年と記されている。

　金色堂を一番終りに建てたのは、衆生の為の立派な堂塔の建立を終って、最後に清衡が自分の常行三昧、弥陀浄土が現れた中に生きながら自分が在るように意図したものらしい。自分の為だから他の堂にくらべて規模が小さく、雛形を見るように可愛らしい。そして当時さかんな浄土信仰から阿弥陀仏のいる極楽浄土は、仏を中心にして金色の光に満ちているとの信仰から、内外とも金色燦爛とした堂とした。仏体を金色に塗るのは浄土に光が溢れていることから当然としたが、仏を入れる堂そのものの内外まで金色にしたのは、同時代の都にも例がない。奥州の豪族だけが実現したのである。領内に砂金の産出が多かったので、黄金を使って豪奢に装飾して威厳を他に示そうとしたと言うよりも、現世に浄土を設計するのが目的で、信仰の果実だったと言えよう。中尊寺の落慶供養の願文の中に自ら「俘囚の上頭」と謙遜に名乗った清衡は、奥の人間の重厚な性格から浄土の信仰についても都の優雅な貴族たちのそれより、ひたむきで素朴で、堂内の金色輝く中に入ると、現身のまま浄土にいるものと純粋無垢に悦びにつつまれたものに違いない。

　前九年役の大将、源頼義の子、義光でさえ、園城寺に丈六の阿弥陀仏の堂を作り、死ぬ時はその本尊につながる五色の糸を手に取って安らかに念仏往生を遂げた。京の公卿だけでなく武将の間でも、最期の時は阿弥陀仏が多くの菩薩や歌舞する天女を従えて、紫色の雲に乗って迎えに来ると信じていたのである。臨終には、安置してある阿弥陀仏の手にかけた五色の糸の一端を指に持って、極楽浄土へそのまま導かれて行くと信じた。金色堂が三代の金棺を収めて葬堂のように見えたのは、生前から浄土と信じられた堂に、死後も居られるように子孫が処置を怠らなかったものに違いない。頼朝が攻め入って首を挙げ、額に五寸釘を打って門の柱に獄門にかけた四代泰衡まで、誰が親切に計らったことか不明だが、光堂の父親の金棺の中にひそかに首級だけ収めてあったのである。清衡が建てたこの堂を現世にある極楽浄土と信じた故に、死後もそこに金棺に身を横たえるのを奥州藤原氏の代々が希望したのではないか？　金色の棺と言うのも実は異例で特別のことである。

若い義経が入道姿の秀衡に伴われて、この光堂の床に坐っている情景も空想できるとして、杉の木立を斜めに朝日が漏れる夏の爽やかな朝など、光を受けたこの堂は、真実、この世のものでないように眩しく輝いていたことであろう。

光堂は、建設当時屋根まで金箔を置いたと伝えられたが、これは金の産出が領内に多かった関係からではない。光堂に使用した金の量などは全体としても大したものでない。清衡が素朴に抱いた浄土往生の夢の方が金色に輝いているのである。

それにしても、奥六郡に礎をおろした三代の実力が、金の産出と、良馬を養ったのに依る事実は認めざるを得ない。天下を握って日の出の勢いの源頼朝が奈良の大仏の再建に際して、金千両を献じたのに対して、奥州の秀衡は極めて普通の態度で五千両を寄進した。開店そうそうの鎌倉幕府の台所にくらべて、五倍の経済の余力を持っていたのである。文治二年十月陸奥国の年租として黄金四百五十両を送り、基衡は砂金百六十五両を送った。土豪と見えた奥州藤原氏の富力はたくましい。紺紙に金銀泥で一切経を書いて寄進したことなど物の数ではない。これは疑問とする余地があるが、伝説では、経蔵に在る宋板一切経を宋から入手する為に送った砂金は十万五千両だと言う。

岩手大学の森嘉兵衛博士の研究、「奥州産金の沿革」では、藤原氏の経営した金山を遠田郡の黄金迫、気仙郡世田米、今出山の両金山、並びに栗原郡の高倉、本吉郡の気仙沼、和賀郡沢内の大荒沢金山と推定していられる。大体、遠田郡より北方に在って、このことは奈良朝の金華山など、南にあった産金地よりも、遠く北方に新らしく金山を見つけて、まだ手をつけない鉱脈を掘り始めたもののようである。これが金売吉次の名で象徴される代々の、一群の商人に依って都に送られて、中央の文物を遠い曠野の中の平泉に吸寄せた。奥州の藤原氏の実力は、これに基いている。都にいては想像がつかない程の経済力である。『吾妻鏡』には、「秀衡の猛勢」との言葉を用いている。治承四年十月二十一日、黄瀬川のくだりに出て来る言葉である。その時、既に秀衡の勢力は、鎌倉に煙たく見えたのが事実である。

同じ年の十二月以降の九条兼実の日記『玉葉』には、奥州の秀衡が平家の要請で、鎌倉の頼朝を討伐に出る旨、起請文を入れたとか、既に軍兵二万余騎を白河の関近くまで出したとか、それとは反対に頼朝が秀衡の娘を娶る約定が進行中だとか、遠方にいる秀衡のことが京都でさかんに話題となっている。

秀衡が頼朝を後方から攻めてくれればとは、落日の心細さを味わっている平家方の大将たちが期待をかけた夢だったろうし、頼朝がまた北条政子と言う可怖い女房があるのに、政略結婚までして秀衡と結ぶらしいと信じられた。いずれにしろ、中央では今にも現れてひろがって来そうな夕立雲を地平に見る思いで一喜一憂していた。それほど、北方の秀衡が鎮守府将軍、陸奥守に任じなくとも実力で巨大に見えて天下に影をさしていたのである。しかし、これは後になってからのことで、奥州を頼って行った義経が、秀衡の在地勢力をどの程度に理解していたか、となると、これは、かなり疑問である。ほかに頼る先もなく、吉次の話から少年の考えひとつで、寺を脱出して秀衡のところまで行く決心になった。その程度のことであろう。ほとんど何も知らずに、身を託したのが実に巨大な腕の中だったのである。

はるばると道の奥の平泉にたどり着いて、義経がどうやって秀衡と対面したか？『平治物語』に依ると、義経は多賀の国府まで来て、金売吉次に再会、秀衡のもとへ連れて行けと申入れる。そこで吉次が平泉に行き、女房方をたよって、義経を連れて来たと話を通じると、秀衡は、義経を迎えて「もてなしかしづき奉らば、平家にきこえて責《せめ》あるべし」。さりとて拒絶して平泉に入れなければ弓矢の名に永く疵がつく。「両国の間には、国司目代のほかみな秀衡が進退なり。しばらく忍びておはしませ、眉目よき冠者殿なれば、姫もたらむ者は聟にも取奉り、子なからん人は子にもしまゐらすべしと申せば、義経もかうこそ存じ候へ、但し金商人をすかして、めしぐして下り侍り、何にてもたび（やり）たく候と、のたまひければ、金三十両とりいだして、商人にこそとらせけれ」となっている。どうも秀衡の方も平家に遠慮がちで、おまけに、美少年のことであるし、娘を持つ親で婿に欲しがるものか、子供のない者が養子に貰いたいと思う者もあるだろう。当分、ぶらぶら遊んでおいでなされと言った調子、義経の方も、私もそう思っておりましたと言うのだから、秀衡、義経ともあろう者が、どうも少し、だらしなく世俗的な話で終る。

『義経記』の作者は、さすがにこれでは満足しない。金売吉次は義経を連れ、栗原まで来て、ここの別当の坊に義経を泊らせて自分だけ平泉さして先発する。栗原は例の金成の近く、「栗原や姉歯の松の人ならば」と『伊勢物語』にも出る歌枕の土地だが、ここの寺で、義経は連絡を待つことに成る。

秀衡は風邪心地で臥《ふせ》っていたが、吉次の話を聞くと、嫡男泰衡、次男泉三郎忠衡（原本には、もとひらと記す）を呼んで、この間黄色い鳩が来て館に飛入るのを夢に見て、源氏のことで何か起るかと思っていたら、頭殿《こうのとの》（義朝）の御子が御下りあったとはうれし。起きるから、と人の肩をかりて烏帽子をかぶり直垂姿にあらためて、「この殿はをさなくおはするとも、狂言綺《き》語《ぎょ》の戯《たわぶ》れも、仁義礼智信も正しくぞおはすらん。この程の労《いたわり》に、さこそ家の内も見苦しかるらん。庭の草薙《な》がせよ。泰衡、もとひら、早々出で立ちて、御迎に参れ。事々しからぬ様にて参れ」と、息子たちに下知したので、三百五十余騎と言う派手な同勢で、栗原寺へ馳せ参じ、御曹司にお目にかかった。栗原寺からは僧兵五十人が出て平泉まで送った。大歓迎である。その上に秀衡が言うことには、自分は陸奥出羽の両国を手に握ったが、身分がら思うままに出来なかったが、源氏の御曹司が我が方に来たかぎりは、もう何も遠慮することはない、として、「両国の大名三百六十人をすぐりて、日々垸飯《おうはん》（御馳走）を参らせて、君を守護し奉れ。御引出物には十八万騎持ちて候郎党を、十万をば二人の子供に賜ひ候へ。いま八万をば君に奉る」。そればかりではない、吉次がお供申さなければ、いかでか御下りあろう。秀衡を秀衡と思わん者は吉次に引出物せよ、とあって、吉次にまで秀衡の息子たちから褒美が出た。嫡男泰衡だけでも、白皮百枚、鷲の羽百尻、よき馬三頭白鞍置きて取らせ、次男以下もこれに劣らぬ品物をやった。「かくて商《あきない》せずとも、元手儲けたり」とある。

この歓迎振りは、少々行過ぎで、如何にも後世の物語作者の、聴き手を悦ばす目出度いことに成り過ぎた。自分の部下を義経に引渡して八万騎を手兵にしたと言うのも、旦那、あまりに気前がよすぎる話、三百六十人の大名が選び出されて、一年を通じ一日交代で、義経に毎日御馳走することにしたと言うのも、大分、話がお伽草子に近くなった。

秀衡は自分の前に都から遥々と来た少年を見る。前九年の役の大将源頼義、後三年の八幡太郎義家と、源氏の者は奥州と縁が古く久しい。左馬頭義朝の源氏が平治の乱で亡びたことも秀衡は聞いて知っていよう。この小冠者が義朝の遺児だと言う。それと知っても特別の感情は湧かなかったろう。秀衡は京の文物を愛する。京から来たこの少年を快く手もとに置いて、我が子と同じように馬を習わせ、弓矢を稽古させ、無量光院の壁画に描かせたように自分が狩猟に出る時も伴って行ったろう。鞍馬山の僧正ケ谷から夜毎に貴船の社まで往復した少年は、雄々しく、動作も敏捷である。さすが頭殿の忘れがたみと感じることが多かったろう。立派な者に育ててやりたくもなる。七堂伽藍は都に真似てあるが、奥の土地は、冬のきびしさも永く、人の気風も粗野で豪快で、一度心を許したら変えない気性のものだったろう。仮説ばかりであるが、その後の経歴に起ったことを見ると、秀衡は、年が経つほど義経を大切と思い始める。人間として異例の保護者となる。

伊勢三郎

義経は、これから、あしかけ六ヵ年、奥州で暮らす。十七歳から二十二歳の冬まである。昔の人間は成年が早い。人間の形成に最も大切な時期で、境遇の不幸が義経の場合でも成長の拍車となっている。

この平泉の六ヵ年を義経が何をして暮らしていたか、知る便りは記録に何も残ってない。奥州は、当時の日本の塞外の土地である。しかし都に生れたとしても、物ごころつくと町から離れた山の中の鞍馬の寺にいたことだから、遠い奥州の土地の生活にも別に淋しくも思わず素直に入り得たろう。封鎖された寺のせせこましい生活から解放されたことこそ大きい。行動するのに、他人が寝鎮まるのを待ち、足音を忍ばせて僧正ケ谷まで出て行かねばならぬようなことは、もうなかった。

平泉は草野に虹を見るように美しい建物を列ねた町だったとしても、一歩、郊外に出れば、北の自然の寒暑に荒い息吹をとどめた原野である。北上川を桜川、束稲山を東山と呼び、京都の優雅の風を真似たと伝えられているが、それが、どれまで真実だったかは疑わしい。今日行っても、束稲山も山肌の荒れた石だらけの裸か山で、苦労して石を除いて漸く一部の猫の額のように狭い土地を開墾して山畑にするくらいで、当時は今と違って原始林が黒々と山を蔽っていたとしても、京の町のなかに人の肌に触れて暖かに在る東山の優雅な趣きなど望み得ず、森や沼や、出水の度に気まぐれに河床を変えてうねる北上の大河があって、奥の土地のまだ原始的な雄大な地塊が、平泉を囲繞《いにょう》し大きく展開していた筈である。

義経の青春をはぐくんだのは、こういう土地である。決して都雅な場所ではなかった。夏の砂塵、洪水の氾濫、冬の封鎖と氷と雪、対立者として抵抗を強制する荒々しく粗野なものの筈であった。平泉の外に出れば、人間が未開であったことも考えられよう。

奥州藤原氏が、蝦夷の血を継いだ異民族だと見て来た伝統的な誤解は、三代の金棺をひらいて行われた学術調査で一度に否定された。京都から蛮族扱いを受けていながら、奥州藤原氏は人種的に純粋に日本人であった。「東夷の遠酋」とか「俘囚の上頭」とか、中尊寺の願文の中に自ら称したのは修辞学の問題で、仏の前に清衡が謙遜に身を屈した言葉だったのである。しかし、義経の若い日に、平泉の郊外には、アイヌはまだ残って住み、その部落が四方の山地に残っていたことは疑いない。その上に熊や鹿などの野獣が山野に多く棲み人々の狩猟慾をそそっていたことだろう。人情は重厚で粗野である。強い者が尊敬されていたことは言うまでもない。清衡以下が京の文化を専ら倣《なら》ったと言っても、これは自らを俘囚とも塞外の土豪とも質朴な自覚が働いていたせいで、中央に劣るまいとする対抗意識は強かったであろう。実際の話が京都の藤原氏は平家の勢力の擡頭の前に衰亡の坂を下り始めている。これに反して奥州の藤原氏は、土着の生活を実力として次第に上昇し興隆する気運にある。京都で亡びようとしている文化を呼び迎えたのが初代の清衡であって、基衡の代に入ると、中央が荘園から吸い上げようとする年貢の過当なのを漸く感じ始めて、辺土の方に力の充実があるのを次第に自覚し始めて来る。三代の秀衡になると、公卿の反対を排して朝廷も彼を鎮守府将軍陸奥守に任命したほど、「猛勢」を感じたし、京都に膝を屈してばかりいない気宇の持主となっていた。義経はこの時代に奥州に来て、曠野の中で人となった。平泉の文化が、京風の影響の外にはみ出して、独自の光芒を放って来た時期である。武人らしい雄々しい活力が誕生し始めていた。徴候は、京都になかった性質のものとして、中尊寺の遺品の装飾の中にも、既に形に現れて今日に残っている。素朴で骨格が太いのである。感受的な成人期の義経にも、この気性は明らかに示されて来る。彼は、強くなる。京の公達だった筈のものが、雄々しく突撃的な武人の性格を強めて来る。その上に彼の身辺には、奥州にいる間にいつからか旧源氏の家人だった者が随身するようになっている。その代表的な武士が、義経に一代忠誠を貫いた伊勢三郎や、佐藤嗣信、忠信の兄弟などである。

『義経記』では、上野国《こうずけのくに》板鼻というところで、義経が伊勢三郎に出会ったことになっている。『平治物語』では、同国松井田、『源平盛衰記』では荒蒔郷と言う。鞍馬山を出て奥州へ下るのに、これではかなり遠く道が外れたことになるが、この伊勢三郎との邂逅のくだりは独立した物語であったのを、後で『義経記』の中に組入れたので、義経が別の旅行をした時のことのような外観になった。

旅の間に日が暮れて来て、一夜を明かす為に池もあり風情ある一軒の家を見て頼む。女が出て主人は乱暴者だから、御迷惑になることがあってはならぬ、と優しく拒絶するのを、言返して無理に家の中に入る。女は重ねて、この家の主人が普通でなく根性の曲った男だから、灯も消し障子も立てて知らぬように寝て、夜明けに急いで出かけてくれと切《しき》りと頼む。義経は男が来て何か起ったら黙っていない決心で、「太刀抜きかけて膝の下に敷き、直垂《ひたたれ》の袖を顔にかけ」空寝入して待つ。立てろと注意された障子もあけひろげたまま、消せと言われた灯火を明るくつけはなして横になっているので、夜が更けるのにつれ、今来るか今来るか、と待ち構えていた。

「子《ね》の刻ばかりになりぬれば、あるじの男出で来たり。槙《まき》の板戸を押開き、内へ通るを見給へば、年廿四五ばかりなる男の、葦の落葉つけたる浅黄の直垂に萌黄おどしの腹巻に太刀帯《は》いて、大の手鉾杖につき、劣らぬ若党四五人、猪の目彫りたる鉞《まさかり》、やいばの薙鎌《ないがま》、長刀《なぎなた》、乳切木、材棒《さいぼう》、手々に取り持ちて、ただいま事に逢うたる気色なり、四天王のごとくにして出で来る」強そうな奴だなと義経が見ていると、主の男が二間《ふたま》に人間がいると見て沓脱《くつぬぎ》まで登って来て大きな目でにらんで見た。

義経が起きて太刀を取直し「これへ」と言った。主人の方は、とんでもない奴だと思い障子を立てて、女のところへ行き二間に寝てるのは誰だと言う。すると女は宿かせと言われて断ったが、「今宵一夜はただ貸させ給へ、色をも香をも知る人ぞ知る」と、私がどんなものかわかる人にはわかってくれましょうと言う意味を、『古今集』の友則の歌を引いて、お言いになったので、そのお言葉に恥じて今宵の宿をまいらせたと言いわけした。

すると、立腹するかと思われた主人がお前は顔の器量も悪く心も東《あずま》の奥の者で何も知らぬ奴だと思っていたのに、「色をも香をも知る人ぞ知る」と言われて泊めてやったとは感心だ。「何事ありとも苦しかるまじきぞ、今宵一夜は明させ参らせよ」と言った声が義経にも聞こえた。その上に主人は男たちを呼び出して「お客人を設け奉るぞ」。何か様子ありげで「御用心と覚え候、今宵は寝られ候な、御宿直《とのい》仕れ」と命令し、自分も武装して夜中起きていて義経の寝所を四方から守ってくれた。

明けて来て出かけようとすると、親切にもう一両日逗留して行けと、すすめてくれる。初めて義経が身分を明かすと、男は急に袂にとりつき、はらはらと泣いて、自分の父は伊勢の二見の者であなた様の御父上左馬頭さまに目をかけられた者だったが、罪あって流されて、この上野の国に来て、自分はこの草深い土地で生れ、伊勢三郎義盛と名乗っている。「この年ごろ平家の世になり、源氏はみな亡び果てて、たまたま残り止まり給ひしも押籠められ、散り散りにわたらせ給ふと、承はりし程に、便りも知らず、まして尋ねて参る事もなし、心に物を思ひて候ひつるに、今君を見参らせ、御目にかかり申すこと三世の契と申しながら、八幡大菩薩の御引合とこそ存じ候へ」と悦び勇んで、奥州の供をした。山賊の家かと思ったのが、古く由緒ある家人《けにん》であった。この挿話が正しいかどうか知らないが、義朝の男子が秀衡のところにいると聞いて、遠くから来て仕えた者であったとしても間違わぬ。伊勢三郎義盛がその人々の中にいて、これから形に影が添うように義経の一代の忠臣となったわけである。

解説

大佛次郎の人間観

福島行一

真面目さ

大佛次郎は、揮毫を求められても、殆ど筆を執らなかった。最晩年に書いた言葉が、珍しく私の手元に残っている。「一代初心」と、二行に分けて縦長の上等な半紙に書いたものだった。

この言葉を思い出したのは、以前、私が編纂した『大佛次郎エッセイ・セレクション』所収の一編を読んでいたからである。

昭和三十一年元旦、「朝日新聞」掲載の随筆である。題名は「母親の正月」。一年ごとに母親の年齢に近付くと、次第に正月の意味を認めなくなった。正月を特別なものと見ていた母親が幸せだったとも思う。そして、この頃、「初心」という言葉をしきりに思っており、物を初めてやろうとする心持。いつも生れて来たばかりのようにうぶな心持、と言おうか？（略）初心をもって物に立ち向う。これは、いかにも正月らしい。

と書いている。

また、昭和十九年十月の「日記」に、

これからの勉強で何かに成るだろうと考えるのは嬉しい。僕は他の人間のように固って了ってはいない。いつまでも子供の皮膚をしている。（略）五十になろうとしてこう子供染みた初一念を持っていると云うのは恐らく他人にはないことらしいから心強いと思う。

とも書いているのを思い出したい。

この母親につながる、もう一つの話を記したい。昭和三十三年十月、「神奈川新聞」掲載の連載随筆「ちいさい隅」欄に発表した「つきかげ」と題した文章である。

母親の実家へ遊びに行った時の思い出で、夏の月のよい晩、母の兄が寝ていた小学生の大佛次郎に、

「お月さまがまだ起きて働いていらっしゃるのに、私らは先にやすむなどと……もった

『義経の周囲』（限定本）安田靫彦・画
（昭42・1　朝日新聞社）

『屋根の花』函
（昭55・1　六興出版）

『天皇の世紀 一』函
（昭44・2　朝日新聞社）

『幕末秘史 鞍馬天狗』函
（大14・1　博文館）

写真／大佛次郎記念館所蔵（左側２点）

いないことだね」

と、対等のおとなに話すような口ぶりで言ったのだった。

質朴で素直な心の持主の伯父の話である。

大佛次郎を語る時、私が何時も持ち出す小学生時代の話がある。愛読の雑誌「少年世界」が、小学生から募集した作文の一編にまつわるものだ。明治四十一年十月、『少年傑作集』と題して博文館から刊行された作文集の中に、小学五年生であった大佛次郎（本名、野尻清彦）の文章が収録されていた。短かいので、全文を引用しよう。

二つの種子　　東京　野尻清彦

机上に二つの種子あり此れ桜茶の二種の種子なり此れを地中にうめてこやしをやらばつひには一つの木になりうべし又美なる花もさきあぢうまき果実もみのらんもしこやしをやらざれば成長すべき木も土になりて地中に一生をおくるなるべし人も木も同様にしてきんべん誠実の二種のこやしをやらねばこやしなき木と同様つらき目にあふならんせい出してきんべん誠実を持つて働かばかならず一人前のりつぱなる人間となるべしされば諸子よ小さき時より誠実にせよきんべんにせよ。

真面目で勤勉な若き日の作家の姿が浮かび、晩年になってからも、この〈初心〉を忘れないで励もうというのである。

優しさ

大佛次郎の性格として、多くの人が指摘するものは、その〈優しさ〉であろう。作品「帰郷」のTV化があった時、京都の定宿〈近江初〉のおかみさんが、作品名を花の「桔梗」と取り違えたのに対し、誤りをその場で指摘しないで、後刻、やんわりと訂正した思い出を語っていた。

「優しいおした」

と話す柔かな京都弁での言葉が、ビデオを見る毎に印象深い。

また、その舞台を愛した舞女、武原はんさんにお目にかかった時、繰り返し私に語ったのも、「優しいお人でした」という言葉だった。

引き続いて、兄の思い出も同じである。日露戦争の少し後のことで、横浜から移って住んだ家に百日紅の老木があり、その根もとに、何時の間にかステッセルの墓という小さい木切れが立っていた。敗軍の将となったステッセルに対する大佛次郎の思いがこめられた話で、兄抱影の友人、相馬御風が遊びに来て、百日紅の下にしゃがんで、大佛次郎から墓の説明を聞いて、無言でうなずいているのを弟の思い出に書き残した。

母はよく「相馬さんは鳩のような優しい目をしていなさる」と言っていたが、直木三十五は、「大佛君は鳩のような目をしている」と書いていたのを、抱影は弟の思い出に残した。優しい性格の話である。

旅と人と

本書の構成について触れたい。昭和五十五年に六興出版より刊行したエッセイ集『屋根の花』より「旅のなか」「記憶のなか」「回想の人々」の三章を抄出し、昭和四十年・四十一年「朝日新聞・PR版」に連載した「義経の周囲」より連続して十章を選んで編集した。

まず〈旅と人〉についての文章を考えてみたい。

大佛次郎と旅——特に歴史の旅については、自分だけでなく、作品を読んだ周囲の人達も繰り返し述べている。

「『パリ燃ゆ』のおもしろさは、氏がコンミューンの歴史の跡を尋ねて、パリの街や広場を歩きまわったその靴音が聞えてくるところにある」といったのは山本健吉であったし、最晩年に『天皇の世紀』の旅に同行した朝日新聞の記者、櫛田克巳は、「書きはじめの年の暮、残雪の京都御所を訪れたときのように〝歴史の土地〟をコツコツと歩いた様子を記

昭和40年春、京都・鞍馬街道を歩く著者。　（写真／大佛次郎記念館所蔵）

録している」と回想した。

作者自身も、史料によるだけでなく、「歴史の土地を自分の足で踏んでにおいをかぐだけで安心できる」と言って、各地に赴いては、悠然と風に吹かれて歩いていた。

ふり返ってみれば、この旅の中から、戦後のエッセイが生まれてきたのである。

目的のない、足の向くまま出かけて、ぶらりと時間を過ごす。大佛次郎は、こんな旅の遊びを殆どやって来なかった。学校を出てから行った旅は、何時も忙しく、時間に追いかけられ、成果を求められての旅が多かった。それが、旅による連載エッセイとなって結実するのは、昭和三十三年からのことだ。長い間の宿願だった欧米旅行にまつわるものだった。

この旅のエッセイを始めとして、収録作には、自分の生命を、日常の生活を、心からいつくしむ優しさに溢れている。そうした年齢になっていたのだ。

そして、エッセイを読む楽しさは、他の作品からは窺えない〈作者の裸の姿〉が感じられることだ。

また、作者は旅をしながら歴史を感じている。特に明治維新――吉田松陰には共感の思いを述べている。松陰自身が旅を続ける人であった。

旅に出て、その土地に身体を移し、建物や遺跡、遺品を見ると、実際にそこに住んでいたり、それらを身に付けていた人の姿がありありと浮んでくる。時代と人物が実感できるのである。旅への誘いである。

回想の人々

それぞれの作家を、多面的に、また一貫した見方で描いている。

これらの文章の中で、白井喬二を論じたものは貴重だ。〈大きな象〉にたとえて、次々と独創的な作品を発表し、大衆文学の先駆者であると同時に、そのお手本を書いていった。これほど文学史に占める大衆文学――白井喬二の正しい姿を指摘した文章はあるまい。白井喬二への思いは特別だったらしい。白井喬二の方でも、年少の友人、大佛次郎について、自伝『さらば富士に立つ影』の中で懐しそうに回想している。

このように、大佛次郎は思い出す人々の心に寄り添い、共に喜び、共に悲しみ、従って読む人達も登場人物と感動を共有できるのである。この大佛次郎の目くばりの良さは忘れられない。

また、横浜生まれとか、この土地に長く住んだ作家には、肌あいの近さを感じとっていたのであろうか。

有島武郎、長谷川伸、白井喬二、吉川英治、獅子文六など、また永井荷風、谷崎潤一郎、佐藤春夫と、それぞれの作家に対し、ことさらに感情を入れることなく、ある程度、距離を置いて、人柄も作風にも適確な指摘を行っている。

『義経の周囲』からの収録作について述べる。

義経伝説の発生から、その成長の過程を、史料に基づいて詳細に叙述している。〈判官びいき〉の原拠となる義経伝説については、昭和二十五年の金色堂の遺体開棺参加以降、機会があれば一度は辿り直してみたい気持を持っていた。

しかも、義経関連の諸群像については、作家としての興味もあった。特に秀衡は、「人間も大きく、北方の王者」として、好きな武将である。

このたび本書を纏めるに際し、全三十八話のうち、十話を抽出。鞍馬寺に始まり、伊勢三郎まで、初出の連載に従って並べてみたが、中心はこの秀衡および光堂の二章だった。ひたむきで素朴な人間像が好きなのである。

秀衡の中には、大佛次郎が少年時代に触れた伊藤一隆に抱いた憧れと共通するものが含まれているようだ。

人物の大きさと包容力を備えており、同時に〈北方の王者〉と呼ぶにふさわしい威厳のある顔立ちを持った武将である。

兄抱影の結婚によって開けた新しい世界、札幌農学校でクラークに学んだ人達の活躍する世界で、この中心に居たのが伊藤一隆であった。兄にとって義理の大伯父にあたり、中学生の大佛次郎は、しじゅう遊びにいっては大きな感化を受けた。

クリスチャンで、強い爽快な性格の持主で、男らしく、快活で明るいひとだった。説教はしなかったが、内村鑑三の烈しさに共通するものを持ち、他人に強いることはしないが、自身の信仰は堅固な実に見事な老紳士であった。〈凱風一過〉といった性格は、美しい節度ある人格とともに、大佛次郎の理想の人間像で、作家として、作品の主人公を形象化する際にしばしば登場することとなった。

秀衡の遺体から抽出した人物像に、この伊藤一隆との共通性を発見したいのだった。書名に『義経の周囲』とあるように、義経を囲る群像については、それ相応の形象化が行われている。ただかんじんの義経については、台風の目のように叙述が稀薄というか、むしろ空白である。そして、周囲の人物・伝説が義経をどのように形成していったのか。この点に注意して読むと面白い。また、義経をフランスのジャンヌ・ダルクに類想しているのも、いかにも大佛次郎らしい。

『義経の周囲』については、付記しておきたいことが二点ある。

一つは、大佛次郎が見た秀衡の遺体に係ることである。この秀衡と基衡の遺体が何時の頃か入れ違えたのではないかという問題だ。

もう一つは、その秀衡の実像と義経庇護の真意についてである。秀衡の処世術を考えるなど、真意をめぐって指摘も多い。

しかし、作家大佛次郎の描く秀衡像は一貫して、作者と読者の心にどっしりと落ちついている。

最後に

史伝『天皇の世紀』を書きつつ、壮絶な病いとの闘いを続けた大佛次郎が、昭和三十三年に始めた「神奈川新聞」の「ちいさい隅」欄の連載随筆だけは、入院後も忘れずに書き続け、四十七年秋までで五百回を越えた。

その間、築地のがんセンターに入院するたび、随筆とは別に「病床日記」を記している。

まず、「めぐりあい」と表題した「ちいさい隅」掲載のものから触れたい。

現在の明るい建物と違って、大佛次郎が入院していた頃のがんセンターは、旧海軍軍医学校時代の病院をそのまま使っていた。

特に地階に在った放射線科の廊下に、順番待ちで長椅子に坐っている患者たちには、他の所にない暗い空気が漂っていた。

大佛次郎は、この廊下で一人の婦人と会い、偶然、声をかけることとなった。

そして、こわがらないで、手術を受けるのを勧めたのである。

重ねて勇気をつけてやりたくなって、婦人の姉に手紙を書いた。

その後、手術は成功したが、別の条件で亡くなったと知らせがあった。

しかし、手術を受ける決心がつき、それが成功したのを、どんなに喜んでいたか、また、大佛次郎の手紙を離さずに持っていたかを、婦人の姉が言っていた。

大佛次郎にとって、一度会っただけの人で、顔もよく思い出せないが、印象的な出会いだったのである。

大佛次郎の優しさと勇気を示した文章である。

次いで、病床日記「つきじの記」、昭和四十七年八月からの引用である。

> 寝にくし。隣室の患者、昨夜中死去。その前後、十歳ほどの子供の室に入るを見かけたるが、別れに来りし也。（略）夜半、戸口の外に椅子を出し蹲りて顔を蔽い居る病者の妻らしきひとあり。人生なり。

人は、自分の死は分らなくとも、身近かに〈死〉を感ずる。

私も幾回か入退院を繰り返し、そのたびに四人以上同室の大部屋の時が多かった。従って、同室の人の亡くなる場合にも出会った。

人は色んな死に目に会う。その時、彼岸にいる〈故人〉との再会を心に描いているのかもしれない。

年譜——大佛次郎

一八九七年（明治三〇年）
一〇月九日、神奈川県横浜市英《はなぶさ》町一丁目一〇番地（現・中区英町八番地）に父・野尻政助（当時四七歳）、母・ギン（当時四〇歳）の三男二女の末子として生まれる。本名、清彦。父は和歌山県の出身で、この時、日本郵船会社の宮城県石巻支店に勤務。翌年、三重県四日市支店に移り、一九〇九年春に退職するまで、家族と離れた単身赴任の生活であった。若いときから読書好きで、四日市時代には狂歌を「文芸倶楽部」に投稿し、入選はもとより、何回か天位受賞したこともある。父のこの文芸趣味が子供たちにも受け継がれる。横浜の留守宅には、母のほか二兄一姉（長姉は夭逝）があり、とくに一二歳年長の長兄正英《まさふさ》は〈明治の長男〉意識をふりかざすので、両親以上に畏敬すべき存在であった。正英は早稲田大学英文科を卒業後、野尻抱影の筆名で〈星の文学者〉として活躍するが、生涯にわたり末弟に与えた影響は大きかった。清彦は、両親が年をとってから生まれたせいか、幼年時代は身体が小さく、また男の子としては気持ちの優しい都会育ちの含羞癖があって、それは晩年に至るまで変わらなかった。

一九〇四年（明治三七年）　七歳

四月、横浜市太田尋常小学校に入学。一ヵ月後、二人の兄が東京の大学に通う便宜から、一家は東京市牛込区（現・新宿区）東五軒町に転居。二歳年長の姉と一緒に津久戸尋常小学校に転校。横浜では生後六年半を過ごしただけであったが、明治の開港場が持つ開明的な雰囲気は、潜在意識として幼い心のなかに刻みこまれた。のちに開化の横浜を舞台にした小説「霧笛」「幻燈」など数多くの作品を書くこととなる。

一九〇八年（明治四一年）一一歳

三月、尋常科四年を卒業。この年、学制が変わり尋常科が六年制となったため、卒業後そのまま五年に進級。学校の勉強では作文と図画の成績がよかった。一〇月、当時愛読した「少年世界」の記者・竹貫佳水《かすい》らが編集した作文集『少年傑作集』に「二つの種子」と題する作文を投稿。植物の成長に譬えて、勤勉と誠実の必要を説いたものだったが、この徳目は晩年まで変わらぬ生き方を表したものでもある。

一九〇九年（明治四二年）一二歳

四日市に赴任していた父が日本郵船会社を定年退職し、初めて一緒に住むこととなり、五月、芝区（現・港区）白金三光町に転居。白金尋常小学校に転校。二人の兄は学校を卒業して家を離れており、隠居生活に入った父との同居は、厳格で恐いものを感じさせた。

一九一〇年（明治四三年）一三歳

三月、白金尋常小学校卒業。四月、東京府立第一中学校入学。中学生になっても体格は相変わらず貧弱であった。この中学生時代に、後年の作家精神の基礎となる歴史への関心が芽生える。東洋史の亀井高孝、西洋史の河野元三の自由で豊かな人格が歴史への興味を植えつけた。むさぼるように歴史関係の書物を読みはじめ、とくにメレシコフスキーの歴史小説『背教者ジュリアノ』は繰り返し読んで、深い感銘を受ける。

一九一二年（明治四五年・大正元年）　一五歳

中学三年の春、甲府中学で英語を教えていた長兄の抱影が、校長・大島正健の三女麗と結婚、麻布中学に転じ、同じ芝区内に新居を構えた。兄・抱影の結婚を契機に生じた新しい親戚や知人の輪が、清彦の人格形成に大きな役割をはたすことになる。伊藤一隆、長尾半平の家で同年齢の中学生と仲良しになり、つきあいは、高校、大学に進んでからも続いた。両家とも外国生活に慣れた、ほかの日本の家庭とは違う明るい雰囲気があった。伊藤一隆は、爽快な性格の強く明るい人で、のちに作家として主人公を形象化する際に規範となった人物である。父・政助が新たに駒沢桜新町に地所を求め、一種の田園生活をはじめたため、兄夫婦の家に居候をすることとなる。

一九一五年（大正四年）　一八歳

三月、東京府立第一中学校卒業。外交官をめざして、九月、第一高等学校第一部丁類（仏法科）に入学。寄宿寮に入り、野球や水泳に熱中し身体もスポーツマンらしくなってくる。また初めて夏目漱石を知り、泉鏡花の小説を愛読した。当時の流行雑誌「白樺」を友人から教えられ、これが文学へ心を向ける機縁となった。

一九一六年（大正五年）　一九歳

二月、以前から知り合いだった博文館の竹貫佳水が「中学世界」の主筆となったのが縁で、同誌に一高寄宿寮の生活記録を連載。「黄金文字――一高便所の楽書」（二月号）、「初めてストームに襲はれた記」（九月号）、「一高鉄拳制裁物語」（一〇月号）、「一高コンパの夜」（一一月号）、「蠟勉と万年床―試験前の向陵生活」（一二月号）など、ユーモラスな描写で評判となり、翌年八月まで連載された。

一九一七年（大正六年）二〇歳
七月、「中学世界」の連載をまとめ『一高ロマンス』（筆名野尻草雄）を東亜堂書房より刊行。一〇月、最初の短篇小説「鼻」を「校友会雑誌」に発表。芥川龍之介の影響を受けた作品であった。この年の秋、神田区（現・千代田区）北神保町に下宿。

一九一八年（大正七年）二一歳
七月、第一高等学校第一部仏法科卒業。九月、東京帝国大学法科大学政治学科入学。すでに外交官となるつもりはなかったが、父の意向をくみ法科大学を選ぶものの、面倒な民事・刑事訴訟法のある法律学科は避けた。一一月、東大教授で民本主義の主唱者・吉野作造が右翼団体と対決した「浪人会事件」では、吉野教授応援に駆けつけるなど、大正デモクラシーの洗礼を受ける。

一九一九年（大正八年）二二歳
有島武郎の「草の葉会」に出席したり、河上肇の講習会で「近世経済思想史」を聴講したりして、クロポトキン、バクーニン、ラッセル、ロマン・ロラン、マルクスの著作に親しむ。とりわけロマン・ロランには、のちに三冊翻訳するほど傾倒する。また当時の新劇運動の盛り上がりから、友人と劇団「テアトル・デ・ビジュウ（宝玉劇場）」を結成し、公演の資金集めにレコード・コンサートを開催するなど、文芸ディレッタントとしての生活を送る。この間、「中央美術」に翻訳の画論「アマン・ヂャンの芸術」（アッシーユ・セガール）を二月号に、「ヴァン・ドンゲンの言葉」（ギュスターヴ・コキオ）を六月号に発表。また、無計画に買い込む本代に窮し、麻布中学を辞した抱影が編集長となっている研究社発行の雑誌「中学生」に外国の伝奇小説の抄訳を連載する。

一九二〇年（大正九年）二三歳
二月、新劇協会主催の民衆座第一回公演、メーテルリンク「青い鳥」の上演（有楽座）に協力、光の精に扮した原田登里と知り合う。同月、同じ有楽座で自分たちの劇団の試演。一方、「中学生」には野球小説「最後打者の日記」を四月号に、「夢魔」を七、八月号に、「死球―ある投手の冒険」を一〇、一一月号に発表、好評を得る。

一九二一年（大正一〇年）二四歳

二月、原田登里（酉子。芸名・吾妻光《てる》。明治三一年東京生まれ）と学生結婚。東京の西郊・井の頭公園近くに新所帯を持ち、続いて柏木の青柳瑞穂の家に仮住まいした。引き続き野球小説「呪ひ」を「中学生」一月号に、「小さいグラヴ」を同四、五月号に発表。六月、ロマン・ロラン『先駆者』を翻訳、本名で洛陽堂より刊行。ロマン・ロランの翻訳は〈自己の魂の発展〉を探るうえで重要な指標を与えられ、後年のノンフィクション小説執筆に至る思想的背景を形作る。同月、東京帝国大学法学部政治学科卒業。友人・菅忠雄の紹介で鎌倉高等女学校の教師となり、国語、歴史を担当。鎌倉のなかを転々と移り住む。一二月、菅忠雄らと同人誌「潜在」を創刊。

一九二二年（大正一一年）二五歳

一月、ロマン・ロオラン『クルランボオ』を翻訳、本名で叢文閣より刊行。博文館の鈴木徳太郎の知遇を受け、アンリ・ド・レニエ「大理石の女」を「新趣味」に翻訳掲載。二月、中学時代の師・河野元三の紹介で外務省条約局の嘱託となり、条約文の翻訳などの仕事をしたが、次第に役所勤めが嫌になり、休むことが多くなった。六月、アーヴィング「瞬かぬ目」を「中学生」に一年間翻訳連載。一一月、「日本人」を「潜在」四号に発表。一二月、ハンガァフォード「謎の女」を「新趣味」に翻訳掲載。

一九二三年（大正一二年）二六歳

一月、ボエル「カメレオン」を「新趣味」に翻訳掲載、ベーブ・ルースの自伝「金色のバット」を「中学生」に翻訳連載（一一月号まで）。三月、鎌倉高等女学校を退職。四月、ヴィニィ「セン・マール」を「新趣味」に翻訳掲載、以後、毎号のようにサバチニやゴオグの作品を翻訳発表する。同月、画論『瞑想画家　アマン・ジャン』を本名で日本芸術学院より刊行。九月、長谷の大仏の裏の仮住居で関東大震災に遭う。一一月、「鎌倉大仏裏―震災挿話」を「中学生」に発表。

一九二四年（大正一三年）二七歳

一月、ロオレンス・オリファント「日本ローニンに襲はる―品川東禅寺事件」を「中学生」に翻訳掲載。明治維新史に注目した最初の記念すべき作品である。これより前、博文館では震災を機に「新趣味」を廃刊し、鈴木徳太郎は新しく娯楽雑誌「ポケット」の編集に移ることとなった。また長兄・抱影も「中学生」の編集から退くこととなり、外務省との縁も薄くなっていた。生活手段が断たれた結果、鈴木の依頼で書いた「髷物《まげもの》小説」が「隼の源次」だった。歌舞伎の「お家騒動」にポオの心理小説をからませた娯楽時代小説で、三月、四月と「ポケット」に分載。この時用いた筆名が〈大佛次郎〉、大震災の苦しい体験を共有した長谷の大仏から思いついたものという。次に書いた短篇の主人公の名前は謡曲の「鞍馬天狗」から取り、舞台を明治維新に決め、この主人公で連作を書く運命となる。五月、「快傑　鞍馬天狗　第一話　鬼面の老女」を大佛次郎の筆名で、「女たらし」を由井浜人の筆名で「ポケット」に発表。ここからはじまった鞍馬天狗シリーズは、一九六五年の「新・鞍馬天狗　地獄太平記」まで、約四〇年間に長短四七作品書き上げられることとなる。以後「ポケット」には、一九二七年三月の終刊まで、二〇に近い筆名を使い一〇〇作近くを発表。多いときには、主要一九篇中九篇を九つの筆名を使い、一号の約半分を書き切った。八月、ロマン・ローラン『ピエールとリュス』を翻訳、本名で叢文閣より刊行。ロランの翻訳は、三冊とも第一次大戦中に書かれた反戦小説、評論を選んだことになる。一二月、外務省を退職。

一九二六年（大正一五年・昭和元年）二九歳

八月、「ポケット」での活躍ぶりを見て、新人作家の発掘を考えていた朝日新聞社の内海幽水の依頼で、幕末を背景にした伝奇小説「照る日くもる日」を「大阪朝日新聞」夕刊に連載（翌年六月まで）。対抗紙「大阪毎日新聞」が新進作家・吉川英治の「鳴門秘帖」を連載して、浪花の評判を二分した。以後、約五〇年の作家生活のなかで、六一篇の新聞小説を発表。新聞小説を書いていない年は、一九三八年のみで、ほかの年は同時進行で、多い時には三紙に異なる作品を連載していた。この年、尾上松之助主演で「鞍馬天狗」の映画化がはじまる。鎌倉町乱橋材木座に転居、両親を迎えた。

一九二七年（昭和二年）三〇歳

三月、「ポケット」終刊。「角兵衛獅子―少年の為の鞍馬天狗」を「少年倶楽部」に連載（翌年五月まで）。これ以後、嵐寛寿郎と鞍馬天狗の組み合わせによる映画シリーズがはじまる。五月、博文館から移った高信喜代松の依頼で、従来の忠臣蔵の枠組を破る意気込みで「赤穂浪士」を「東京日日新聞」夕刊に連載（翌年一一月まで）。八月、「鞍馬天狗余燼」を「週刊朝日」に連載（翌年二月まで）。大衆作家としての地位が確立する。

一九二八年（昭和三年）三一歳

二月、評論「大衆文芸の転換期」を「東京日日新聞」に発表。六月、「ごろつき船」を「大阪毎日新聞」夕刊に連載（一二月まで）。現代大衆文学全集39巻『大佛次郎集』（平凡社）刊。

一九二九年（昭和四年）　三二歳
一月、文芸家協会より「赤穂浪士」に対して渡辺賞を受ける。同作品が新国劇の沢田正二郎の主演で新宿山手劇場などで上演される。「海の隼」を「大阪毎日新聞」夕刊に連載（六月まで）。「からす組」を「国民新聞」夕刊に連載（一二月まで）。四月、鎌倉町雪ノ下に新居を建て移転。生涯の住まいとなった。六月、「由比正雪」を「東京日日・大阪毎日新聞」夕刊に連載（翌年六月まで）。一一月、父・政助永眠。

一九三〇年（昭和五年）　三三歳
四月、「ドレフュス事件」を「改造」に連載（一〇月まで）。以後「パリ燃ゆ」へと続くフランス第三共和制下の政治的諸事件を扱ったノンフィクション小説の最初の作品で、フランスの国論を二分した冤罪事件をテーマに、日本における軍部と政治との関係を将来に向けて警告したものであった。同月、「日蓮」を「読売新聞」に連載（翌年三月まで）。九月、大連ツーリスト・ビューローの招待で久米正雄と満州を訪問。一二月、現代日本文学全集60巻『大佛次郎集』（改造社）刊。

一九三一年（昭和六年）　三四歳
三月、現代小説「白い姉」を「東京・大阪朝日新聞」に連載（七月まで）。九月、「天狗廻状」を「報知新聞」夕刊に連載（翌年四月まで）。この年より、横浜港に近いホテル・ニューグランドに部屋を借り、一〇年以上にわたり仕事場とした。

一九三二年（昭和七年）　三五歳
三月、「佛蘭西人形」を「時事新報」に連載（八月まで）。

一九三三年（昭和八年）　三六歳
五月、「詩人」を「改造」に発表。ロシアのテロリスト・カリャーエフのセルゲイ大公暗殺事件を描き、日本におけるテロリズム批判の姿勢を示そうとしたが、掲載されたものは検閲のため大きく削除されていた。「時代に光あれ―ナチスの焚書抗議」を「読売新聞」に発表。七月、「霧笛」を「東京朝日新聞」夕刊に連載（九月まで）。異国情緒豊かな横浜を舞台にした明治初年の開化物小説の最初の作品。一一月、評論「西洋小説と大衆文芸」を『日本文学講座』14巻（改造社）に発表。従来の日本の小説の枠組を大きく広げようとする構想を示す。一二月、「安政の大獄」を「時事新報」に連載（翌年九月まで、途中から夕刊に）。この年、鎌倉写友会を作り、カメラに凝る。

一九三四年（昭和九年）　三七歳

一月、「夜の真珠」を「週刊朝日」に連載（四月まで）。「樹氷」を「婦人公論」に連載（一二月まで）。四月、「水戸黄門」を「東京朝日新聞」夕刊に連載（一一月まで）。夏、久米正雄に誘われ「海の謝肉祭《カーニバル》」を実施、これがのちの「鎌倉カーニバル」となる。一〇月、文芸春秋社主催の文芸講演会の講師として各地を回る。一一月、「鞍馬天狗　江戸日記」を「福岡日日新聞」夕刊に連載（翌年八月まで）。

一九三五年（昭和一〇年）　三八歳

一月、「ブウランジェ将軍の悲劇」を「改造」に連載（一一月まで）。将軍の栄光と転落の生涯、それを支えた付和雷同的な国民性を批判し、日本における軍部独裁の危険を警告した作品である。同月、文芸春秋社が芥川賞、直木賞を制定、直木賞の選考委員となり、最晩年まで務めた。三月、「異風黒白記」を「中外商業新報」夕刊に連載（八月まで）。四月、「大楠公」を「東京朝日新聞」夕刊に連載（八月まで）。八月、「大久保彦左衛門」を「東京日日・大阪毎日新聞」夕刊に連載（翌年五月まで）。

一九三六年（昭和一一年）　三九歳

八月、「雪崩」を「東京・大阪朝日新聞」に連載（一二月まで）。この年、久米正雄発案の鎌倉ペンクラブに協力。

一九三七年（昭和一二年）四〇歳
五月、「逢魔の辻」を「東京・大阪朝日新聞」夕刊に連載（一二月まで）。

一九三八年（昭和一三年）四一歳
一月、「花紋」を「新女苑」に連載（翌年四月まで）。七月、日本文学振興会評議員となる。八月、加藤武雄と朝鮮を経て満州の松花江を遡り、移民村などを訪問。

一九三九年（昭和一四年）四二歳
一月、マーク・トウェイン「王子と乞食」に着想を得たメルヘン「花丸・小鳥丸」を「少年倶楽部」に連載（一二月まで）。四月、「郷愁」を「読売新聞」に連載（七月まで）。一二月、加藤武雄と北京を訪問。同月、「氷の階段」を「都新聞」に連載（翌年六月まで）。一九三一年「白い姉」を発表後、「佛蘭西人形」「夜の真珠」「樹氷」「雪崩」「花紋」と書き続けた長編現代小説で扱ってきた、社会のなかでの世代の断絶、青年たちの挫折、知識人の功罪というテーマが、この「氷の階段」で一区切りつけられ、問題は戦後に持ち越されることになる。

一九四〇年（昭和一五年）四三歳
一月、「相馬大作」を「大陸新報」夕刊に連載（一〇月まで）。六月、文芸春秋社より報道班員として火野葦平らとともに中支宜昌戦線に派遣される。七月、文芸春秋社の文芸銃後運動の講師として、菊池寛、久米正雄、小林秀雄らと満州・朝鮮に赴く。

一九四一年（昭和一六年）四四歳
六月、朝日新聞社より戦地慰問として、佐多稲子、林芙美子、横山隆一とともに満州各地を回り、柴田天馬、バイコフと旧交を温める。一二月、母・ギン永眠。この年、「薔薇少女」を「満洲新聞」に連載。

一九四二年（昭和一七年）四五歳

一月、「阿片戦争」を「東京日日新聞」夕刊に連載（六月まで）。三月、大政翼賛会の支部として鎌倉文化聯盟が結成され、久米正雄の依頼で文学部長に就任。九月、「源実朝」を「婦人公論」（のち「新女苑」）に連載（翌年一一月まで）。一二月、「愛火」を「西日本新聞」夕刊に連載（翌年八月まで）。近所に住む吉野秀雄と親交。

一九四三年（昭和一八年）　四六歳

一月、最初の童話「赤帽の鱸」を「日本の子供」に発表。「男の道」を「日本農業新聞」に連載（一〇月まで）。五月、山本五十六連合艦隊司令長官の戦死公表にあたり「山本元帥の武運に寄す」をラジオ放送。一〇月、「みくまり物語」を「毎日新聞」夕刊に連載（一二月まで）。同月、同盟通信社の嘱託で東南アジアの占領地視察に赴く。

一九四四年（昭和一九年）　四七歳

インドネシアで元旦を迎え、一月帰国。この間、誤れる日本的なるものを異民族にむりやり押しつける日本人の姿を見て強い衝撃を受ける。これが戦後において、日本人の原体質を国の文化の問題として追究する作品群を生みだす契機となった。四月、「鞍馬の火祭り」を「毎日新聞戦時版」に連載（九月まで）。一〇月、「乞食大将」を「朝日新聞」（のち「新太陽」「モダン日本」）に連載（一九四六年三月まで）。根性骨一本で激動期を生きた後藤又兵衛を主人公に、死処を得るということが常に心から離れない軍人の生き方に、ひとつの指針を投げかけた作品である。

一九四五年（昭和二〇年）　四八歳

五月、鎌倉在住の作家たちと貸本屋「鎌倉文庫」を開き市民の読書欲を満たそうとする。八月、鎌倉の自宅で敗戦を迎え、同月二一日、「英霊に詫びる」を「朝日新聞」に発表。九月、「丹前屏風」を「毎日新聞」に連載（一二月まで）。戦後初の新聞小説となる。同月、東久邇内閣の参与に就任。同月九日、「日本の門出」を「東京新聞」に連載（一一日まで）。一〇月五日の総辞職までの間、治安維持法の廃止、世論調査所の設置、スポーツの振興などを提言する。

一九四六年（昭和二一年）　四九歳

一月、評論「カメレオンの自由―文化に就いて」を「潮流」に発表。植民地文化の雪崩現象を批判。同月、研究社刊行の「学生」の主筆となり、一九四九年一〇月まで「鎌倉通信」の欄で、青少年に向け、時流に流されず、自分の頭で考えることの大切さを訴える。三月、「地霊」を「朝日評論」に連載（九月まで）。八月、「真夏の夜の夢」を「週刊朝日」に連載（一一月まで）。一〇月、童話「スイッチョ猫」を「こども朝日」に発表。一一月、アメリカニズムの氾濫に対する危機感から苦楽社を興し、「苦楽」を発刊。一九四九年九月まで続ける。

一九四七年（昭和二二年）　五〇歳

一月、「鞍馬天狗　新東京絵図」を「苦楽」に連載（翌年五月まで）。九月、「幻燈」を「夕刊新大阪」に連載（翌年一月まで）。一二月、「黒潮」を「サンデー毎日」に連載（翌年四月まで）。

一九四八年（昭和二三年）　五一歳

五月、「帰郷」を「毎日新聞」に連載（一一月まで）。軽佻浮薄な植民地文化と占領政策批判が基調となった作品である。一二月、「東京裁判の判決」を「朝日評論」に発表。

一九四九年（昭和二四年）　五二歳

一月、苦楽社より青少年向け雑誌「天馬」創刊。六月、「宗方姉妹」を「朝日新聞」に連載（一二月まで）。九月、出版界の不況により苦楽社閉鎖。一〇月、「学生」終刊。

一九五〇年（昭和二五年）　五三歳

三月、「帰郷」により第六回日本芸術院賞受賞。八月、「おぼろ駕籠」を「毎日新聞」夕刊に連載（翌年二月まで）。一二月、「冬の紳士」を「サンデー毎日」に連載（翌年四月まで）。

一九五一年（昭和二六年）　五四歳

四月、「四十八人目の男」を「読売新聞」に連載（一一月まで）。六月、最初の戯曲「楊貴妃」が歌舞伎座で上演。以後、数多くの戯曲を書き下ろし、おもに菊五郎劇団によって上演された。一〇月、「激流」を「日本経済新聞」に連載（翌年二月まで）。

一九五二年（昭和二七年）　五五歳

七月、「旅路」を「朝日新聞」に連載（翌年二月まで）。九月、「鞍馬天狗　青面夜叉」を「サンデー毎日」に連載（翌年四月まで）。一〇月、戯曲「若き日の信長」（「オール読物」一一月号掲載）が市川海老蔵の主演、菊五郎劇団によって歌舞伎座で上演。

一九五三年（昭和二八年）　五六歳

五月、「鞍馬天狗　雁のたより」を「サンデー毎日」に連載（一〇月まで）。一二月、「その人」を「朝日新聞」夕刊に連載（翌年六月まで）。

一九五四年（昭和二九年）　五七歳

四月、胃潰瘍で入院手術。七月、「鞍馬天狗　夕立の武士」を「サンデー毎日」に連載（翌年一月まで）。一一月、随筆「鞍馬天狗と三十年」を「サンデー毎日」に発表。

一九五五年（昭和三〇年）　五八歳

一月、「風船」を「毎日新聞」に連載（九月まで）。複数世代の登場人物を時代との関わりから描いて、日本人の原体質に迫っていく試みであった。「薩摩飛脚」を「西日本新聞」夕刊に連載（一一月まで）。「鞍馬天狗　夜の客」を「サンデー毎日」に連載（三月まで）。九月、「鞍馬天狗　影の如く」を「サンデー毎日」に連載（翌年一月まで）。一二月、「浅妻舟」を「東京新聞」夕刊に連載（翌年六月まで）。

一九五六年（昭和三一年）五九歳
二月、「おかしな奴」を「週刊新潮」に連載（五月まで）。四月、咽喉癌の疑いで入院手術、これを機に禁煙する。六月、「ゆうれい船」を「朝日新聞」夕刊に連載（翌年五月まで）。七月、「峠」を「中部日本新聞」に連載（翌年二月まで）。

一九五七年（昭和三二年）六〇歳
一月、「冬の木々」を「小説新潮」に連載（七月まで）。四月、「鞍馬天狗　女郎蜘蛛」を「サンデー毎日」に連載（九月まで）。一〇月、「橋」を「毎日新聞」に連載（翌年四月まで）。

一九五八年（昭和三三年）六一歳
五月から七月まで、アメリカおよびヨーロッパ諸国を旅行。九月、「ちいさい隅」の総題のもと週一回の連載随筆を「神奈川新聞」に掲載（一九七二年一〇月まで）。一〇月、「水に書く」の総題のもと連載随筆を「西日本新聞」夕刊（一部朝刊）に掲載（翌年一月まで）。

一九五九年（昭和三四年）六二歳
三月、「パナマ事件」を「朝日ジャーナル」に連載（九月まで）。六月、「桜子」を「朝日新聞」夕刊に連載（翌年二月まで）。一二月より翌春にかけてインドを旅行。

一九六〇年（昭和三五年）六三歳
二月、「新樹」を「東京新聞」に連載（一一月まで）。三月、芸術院会員となる。六月、「花の咲く家」を「サンデー毎日」に連載（一二月まで）。

一九六一年（昭和三六年）六四歳
四月、夫人同伴でパリ・コミューンの史料蒐集のためヨーロッパ旅行。七月、「炎の柱」を「毎日新聞」夕刊に連載（翌年七月まで）。一〇月、「パリ燃ゆ」を「朝日ジャーナル」（のち「世界」）に連載（一九六四年一一月まで）。散文で書かれた叙事詩といえるノンフィクション小説の最高作。一一月、日本文学と郷土文化の向上に貢献した功績により神奈川文化賞受賞。

一九六二年（昭和三七年）六五歳

五月、第一回科学者京都会議に出席。湯川秀樹らと核実験停止、軍縮と平和運動に尽力。七月、「さかさまに」を「西日本新聞」に連載（翌年六月まで）。

一九六三年（昭和三八年）六六歳

六月、「月の人」を「読売新聞」夕刊に連載（翌年四月まで）。

一九六四年（昭和三九年）六七歳

一一月、文化勲章を受章。一二月、「私の履歴書」を「日本経済新聞」に連載（七日から三一日まで）。

一九六五年（昭和四〇年）六八歳

一月、「パリ燃ゆ」および文学における多年の業績により朝日賞受賞。「新・鞍馬天狗地獄太平記」を「河北新報」夕刊に連載（八月まで）。最後の鞍馬天狗の作品である。三月、「義経の周囲」を「朝日新聞」PR版に連載（翌年五月まで）。九月、「夕顔小路」を「毎日新聞」に連載（翌年一二月まで）。

一九六六年（昭和四一年）六九歳

八月、「道化師」を「日本経済新聞」に連載（翌年一月まで）。「赤屋敷の女」を「週刊朝日」に連載（翌年二月まで）。

一九六七年（昭和四二年）七〇歳

一月、元日より「天皇の世紀」の連載が「朝日新聞」ではじまる。明治天皇の生誕、ペリーの浦賀来航より筆を起こして、幕末から現代までの三代にわたる日本人の精神の歴史を従来の大佛文学の特長をすべてつぎこんで描きあげようという壮大な意図により執筆がはじめられた。膨大な史料の読破と現地への取材旅行のうえに、一日八時間以上の執筆活動で、連載期間中は、随筆以外はほとんど創作の筆は執らず、この作品に打ちこんだ。

一九六八年（昭和四三年）　七一歳
四月、国立がんセンター病院に入院。五月二日、腸手術。同月二三日、退院。その間、五月一五日から七月二日まで「天皇の世紀」休載。一一月、戯曲「三姉妹」を明治百年記念芸術祭記念特別公演として、国立劇場にて上演。

一九六九年（昭和四四年）　七二歳
三月、『天皇の世紀』一、二巻（朝日新聞社刊）の刊行を記念して、長い作家生活のなかで初めての出版記念会開催。四月、夫婦でハワイ旅行。同月、『定本モラエス全集』編集委員としての功績に対し、ポルトガル政府よりインファンテ・ド・ヘンリッケ勲章を授与される。一一月、「三姉妹」を代表とする劇作活動に対し菊池寛賞受賞。

一九七一年（昭和四六年）　七四歳
一〇月一四日より「天皇の世紀」病気休載。

一九七二年（昭和四七年）　七五歳
一月五日より「天皇の世紀」掲載再開。三月から四月にかけ、萩、会津若松などへ取材旅行。五月、国立がんセンター病院に入院。以後、ベッドの上で病躯をおしての執筆となる。病床日記「つきぢの記」を記す。七月一二日より「天皇の世紀」休載。一一月、「大佛次郎展」が横浜・有隣堂で開催。

一九七三年（昭和四八年）
一月二二日より「天皇の世紀」掲載再開。病苦に堪えつつ原稿を書き継ぐ。四月一六日、最後となる原稿（第一五五五回）を渡し、二五日が最後の掲載となる。三〇日、転移性肝癌による全身衰弱のため国立がんセンター病院にて永眠。享年七五。日記に「みんなしんせつにしてくれてありがとう。皆さんの幸福を祈ります」と書いたのが絶筆となった。鎌倉扇ヶ谷の寿福寺に埋葬。
一〇月、業績を記念して、すぐれた文学作品にジャンルを問わず贈る「大佛次郎賞」が創設された。

一九七八年（昭和五三年）

五月、横浜市の港の見える丘公園に大佛次郎記念館が開館。

一九八五年（昭和六〇年）

四月、「大佛次郎―人と文学展」が東京・有楽町朝日ギャラリーで開催。

一九九七年（平成九年）

一〇月、「生誕百年記念大佛次郎展」が東京・小田急美術館その他で開催。

二〇〇二年（平成一四年）

一〇月、「『天皇の世紀』と史伝展」が横浜・大佛次郎記念館で開催。

本年譜では、新聞小説を中心に主要作品を挙げ、著書の刊行については「著書目録」に譲った。／同じ小説が複数の地方紙に掲載された場合は、主要紙を挙げるにとどめた。／大佛次郎の初期に使用した筆名については、多くを省略した。／大佛次郎の作品の細目については、大佛次郎記念会刊行の『おさらぎ選書』各集を参照されたい。

（福島行一編）

著書目録——大佛次郎

【単行本】

一高ロマンス（学生々活叢書1、筆名野尻草雄）　大6・7　東亜堂書房
瞑想画家　アマン・ジャン（世界現代作家選、筆名野尻清彦）　大12・4　日本芸術学院
幕末秘史　鞍馬天狗　大14・1　博文館
江戸巷談　艶説蟻地獄　大14・5　博文館
幕末秘譚　天狗騒動記　大14・8　博文館
鞍馬天狗　御用盗異聞　大14・11　博文館
捕物綺談　幻の義賊（筆名流山龍太郎）　大15・7　博文館
江戸奇談　春宵和尚奇縁　大15・10　博文館
照る日くもる日（前・中・後篇）　大15・12、昭2・4、7　渾大防書房
鞍馬天狗　小鳥を飼ふ武士　昭2・2　博文館
角兵衛獅子（前篇）　昭2・9　渾大防書房
神風剣俠陣（筆名流山龍太郎）　昭2・2　博文館
鞍馬天狗余燼（上・下）　昭3・1、3

朝日新聞社

赤穂浪士（上・中・下）　昭3・10、11、昭4・8　改造社

幽霊船伝奇　昭4・2　先進社

ごろつき船（上・下）　昭4・4、10　改造社

鞍馬天狗　山嶽党奇談（上・下）　昭4・9、昭6・2　先進社

からす組（前・後篇）　昭4・12、昭5・3　改造社

かげらふ噺（先進社大衆文庫1）　昭5・3　先進社

怪談その他　昭5・5　天人社

由比正雪（前・中篇）　昭5・9、11　改造社

ドレフュス事件（新世界叢書2）　昭5・10　天人社

日蓮（上・下）　昭5・11、昭6・5　先進社

軍事探偵篇（世界犯罪叢書3）　昭5・12　天人社

日本人オイン　昭7・3　講談社

白い姉　昭7・5　改造社

天狗廻状　昭7・5　新潮社

鼠小僧次郎吉　昭7・6　新潮社

鞍馬天狗　青銅鬼　昭7・8　先進社

ふらんす人形　昭7・10　新潮社

山を守る兄弟　昭8・4　改造社

曠野の果　颶風圏（新選大衆小説全集2、大佛次郎篇）　昭8・8　非凡閣

霧笛　昭9・5　新潮社

夜の真珠　昭9・5　岡倉書房

水戸黄門　昭10・1　中央公論社

安政の大獄（前篇）　昭10・2　改造社

樹氷　昭10・2　新小説社

鞍馬天狗　地獄の門　昭10・6　新小説社

異風黒白記（昭和長篇小説全集15）　昭10・10　新潮社

手紙の女　昭10・11　竹村書房

大久保彦左衛門（前・後篇、大衆文芸傑作選集）　昭11・3、10　博文館
天狗騒動（維新歴史小説全集4）　昭11・4　改造社
大楠公　昭11・6　改造社
狼隊の少年（選抜少年少女読物文庫）　昭11・6　湯川弘文社
鞍馬天狗　江戸日記（大衆文芸傑作選集）　昭11・10　博文館
ブウランジェ将軍の悲劇　昭11・10　改造社
雪崩　昭12・3　新潮社
海の女　昭12・5　新潮社
日本の星之助　昭13・3　講談社
逢魔の辻　昭13・3　新潮社
花火の街　昭13・10　青木書店
薔薇の騎士　昭14・3　中央公論社
花紋　昭14・6　実業之日本社
水晶山の冒険　昭15・1　興亜書房
源九郎義経　昭15・1　興亜書房
海の子供たち（前・後篇、グリコ文庫）　昭15・2、5　グリコ株式会社
夕焼富士（小説選集）　昭15・4　博文館
熱風（コバルト叢書）　昭15・4　鱒書房
生きてゐる秀頼・灰燼（新作大衆小説全集9）　昭15・4　非凡閣
美女桜（小説選集）　昭15・4　博文館
赤穂義士（国民絵本）　昭15・12　博文館
花丸小鳥丸　昭16・2　中央公論社
その人（国民文芸叢書）　昭16・4　博文館
雲雀は空に（国民文芸叢書）　昭16・5　博文館
氷の階段　昭16・8　中央公論社
明るい仲間　昭17・1　杉山書店
氷の花　昭17・3　六興商会出版部

働く雪ちゃん　昭17・7　泰光堂
冬の太陽　昭17・9　杉山書店
阿片戦争　昭17・10　モダン日本社
御存知鞍馬天狗　昭18・2　八紘社杉山書店
楠木正成（上、少国民の日本文庫）　昭18・4　講談社
鷗　昭18・8　八紘社杉山書店
鞍馬天狗　薩摩の使者　昭18・10　八紘社杉山書店
薩英戦争　昭18・12　北光書房
山本五十六元帥　昭19・1　学芸社
みくまり物語　昭19・2　白林書房
天狗倒し　昭19・6　八紘社杉山書店
死よりも強し　昭19・10　八紘社杉山書店
鞍馬の火祭　昭19・11　北光書房
源実朝　昭21・7　六興出版部
詩人　昭21・12　苦楽社
乞食大将　昭22・6　苦楽社
裸体　昭22・6　竹書房
真夏の夜の夢　昭22・7　丹頂書房
幻燈　昭23・5　井原文庫
黒潮　昭23・7　毎日新聞社
鞍馬天狗　新東京絵図　昭23・10　講談社
海賊船伝奇　昭23・10　東光出版社
帰郷　昭24・5　苦楽社
春雨の琴　昭24・6　東和社
新樹　昭24・7　苦楽社
鎌倉通信―若い人達に　昭24・12　研究社出版
宗方姉妹　昭25・4　朝日新聞社
初恋　昭25・11　東和社
日附のある文章　昭26・2　創元社
おぼろ駕籠　昭26・3　中央公論社
丹前屏風　昭26・8　啓明社
冬の紳士　昭26・9　新潮社
四十八人目の男　昭27・1　読売新聞社

父をたずねて（ともだちシリーズ9）　昭27・6　中央公論社
鞍馬天狗　青面夜叉の巻　昭28・6　毎日新聞社
旅路　昭28・6　朝日新聞社
激流―渋沢栄一の若き日　昭28・8　文芸春秋新社
鞍馬天狗　雁のたより　昭28・11　毎日新聞社
若き日の信長―戯曲集（朝日文化手帖10）　昭28・12　朝日新聞社
鞍馬天狗　夕立の武士　昭30・2　毎日新聞社
まぼろし峠（長篇時代小説全集）　昭30・6　同光社
薩摩飛脚（上・下）　昭30・9、昭31・1　同光社
風船　昭30・11　新潮社
鞍馬天狗　影の如く　昭31・4　毎日新聞社

ゆうれい船（上・下）　昭32・4、8　朝日新聞社
浅妻舟　昭32・4　光風社
おかしな奴　昭32・12　光風社
鞍馬天狗　女郎蜘蛛　昭32・12　毎日新聞社
橋　昭33・7　毎日新聞社
水に書く　昭34・9　新潮社
冬あたたか　昭34・10　光風社
パナマ事件　昭35・3　朝日新聞社
桜子　昭35・6　新潮社
孔雀長屋　昭35・7　光風社
新樹（昭24・7刊とは別）　昭35・12　光風社
その人（昭16・4刊とは別）　昭36・5　光風社
虹の橋　昭36・12　光風社
お化け旗本　昭37・5　光風社
花の咲く家　昭37・9　光風社
炎の柱　昭37・11　毎日新聞社
パリ燃ゆ（上・下）　昭39・6、12

朝日新聞社
砂の上に　昭39・8　光風社
月の人　昭39・10　新潮社
私の履歴書23　昭40・3　日本経済新聞社
若き日の信長―戯曲集（昭28・12刊の増補版）　昭40・12　朝日テレビニュース社出版局
新・鞍馬天狗　地獄太平記　昭41・3　光風社書店
石の言葉　昭41・10　光風社書店
義経の周囲　昭41・11　朝日新聞社
夕顔小路　昭42・3　毎日新聞社
道化師　昭42・3　光風社書店
赤屋敷の女　昭42・6　朝日新聞社
天皇の世紀（全10巻）　昭44・2〜昭49・7　朝日新聞社
今日の雪　昭45・10　光風社書店
スイッチョねこ（日本の名作）　昭46・11　講談社
都そだち　昭47・5　毎日新聞社
冬の花　昭48・11　光風社書店
猫のいる日々　昭53・9　六興出版
屋根の花　昭55・1　六興出版
ちいさい隅　昭60・7　六興出版
大佛次郎　敗戦日記　平7・4　草思社
十五代将軍の猫　平8・10　五月書房

【翻訳・翻案・抄訳】

先駆者（ロマン・ロラン、筆名野尻清彦）　大10・6　洛陽堂
クルランボオ（ロマン・ロラン、筆名野尻清彦）　大11・1　叢文閣
ピエールとリュス（ロマン・ローラン、筆名野尻清彦）　大13・8　叢文閣
夜の恐怖（世界探偵小説全集15、ジョオジ・　昭4・7　平凡社

ゴオグ、筆名安里礼二郎、野尻抱影との共訳）

アンドレ・ジイド全集12（共訳、「重罪裁判所の思ひ出」訳出）　昭10・7　建設社

狼少年（新日本少年少女選書、キップリング）　昭21・3　湘南書房

たから島（世界名作、スチブンスン）　昭23・8　光文社

青春罪ありや（ヴィニ）　昭23・11　苦楽社

覆面の騎士（アイバンホー物語）（スコット）　昭25・5　湘南書房

【全集・選集】

大佛次郎選集1　昭21・12　大地書房

大佛次郎現代小説選集1・2　昭24・10、11　苦楽社

大佛次郎集（日比谷文芸選集）　昭25・3　日比谷出版社

大佛次郎作品集（全7巻）　昭26・4～12　文芸春秋新社

大佛次郎時代小説選集（8冊刊行）　昭27・4～9　同光社磯部書房

大佛次郎少年少女のための作品集（全6巻）　昭42・4～昭45・5　講談社

大佛次郎時代小説自選集（全15巻）　昭44・12～昭46・4　読売新聞社

大佛次郎ノンフィクション全集（全5巻）　昭46・5～昭47・1　朝日新聞社

大佛次郎自選集　現代小説（全10巻）　昭47・10〜昭48・7　朝日新聞社
大佛次郎随筆全集（全3巻）　昭48・12〜昭49・2　朝日新聞社
大佛次郎時代小説全集（全24巻）　昭50・3〜昭52・2　朝日新聞社
戦国の人々　大佛次郎戯曲全集（全1巻）　昭52・5　朝日新聞社
大佛次郎エッセイ・セレクション（全3巻）　平8・7〜11　小学館
現代大衆文学全集39　昭3　平凡社
現代大衆文学全集29　昭5　平凡社
現代日本文学全集60　昭5　改造社
現代大衆文学全集続14　昭6　平凡社
明治大正（昭和）文学全集54　昭6　春陽堂
大衆文学名作選　昭10　平凡社

決定版　現代日本小説全集4　昭12　アトリヱ社
長篇小説名作全集6　昭25　講談社
講談社評判小説全集1　昭26　講談社
昭和文学全集17　昭28　角川書店
長編小説全集6　昭28　新潮社
現代長篇名作全集6　昭28　講談社
時代小説名作全集25　昭29　同光社
日本少年少女名作全集1　昭29　河出書房
大衆文学代表作全集2　昭29　河出書房
戯曲代表選集2　昭29　白水社
新撰大衆小説全集3　昭30　桃源社
新編大衆文学名作全集2　昭30　河出書房
大衆小説名作選　昭30　同光社
現代日本文学全集80　昭31　筑摩書房
昭和大衆文学全集3　昭32　桃源社
現代国民文学全集5・12　昭32　角川書店

現代長編小説全集18 昭34 講談社
世界名作全集48 昭34 平凡社
児童世界文学全集8 昭34 偕成社
世界ノンフィクション全集15 昭36 筑摩書房
日本文学全集42 昭37 新潮社
少年少女現代日本文学全集33 昭39 偕成社
現代の文学5 昭40 河出書房新社
ジュニア版日本文学名作選27・28 昭40 偕成社
少年倶楽部名作選1・2 昭41 講談社
カラー版国民の文学5 昭42 河出書房新社
現代日本文学館35 昭43 文芸春秋
日本文学全集54 昭43 集英社
歴史文学全集11 昭43 人物往来社
現代長編文学全集1 昭44 講談社
カラー版日本伝奇名作全集2 昭45 番町書房
日本短篇文学全集32 昭45 筑摩書房
ジュニア版日本文学名作選53 昭46 偕成社
現代日本文学大系53 昭46 筑摩書房
大衆文学大系16 昭47 講談社
新潮日本文学25 昭47 新潮社
名作自選 日本現代文学館6 昭47 ほるぷ出版
昭和国民文学全集2 昭48 筑摩書房
現代日本の名作39 昭50 旺文社
現代日本の文学II—5 昭51 学習研究社
筑摩現代文学大系53 昭52 筑摩書房
日本児童文学大系21 昭53 ほるぷ出版
少年小説大系4 昭61 三一書房
日本歴史文学館18 昭61 講談社
昭和文学全集18 昭62 小学館
ちくま日本文学全集38 平4 筑摩書房
歴史小説名作館9 平4 講談社
ふるさと文学館17 平5 ぎょうせい

【文庫】

猫のいる日々　平6　徳間文庫
赤穂浪士（上・下）　平10　集英社文庫
鞍馬天狗（全5巻）　平12　小学館文庫

【単行本】には、編著、共著、再刊本は入れなかった。書名、作品名が変更されていても、既収のものであれば再刊本とした。また文学全集であっても、初収の作品で構成されているものは【単行本】に加えた。／野尻清彦および大佛次郎の筆名で発表された野尻抱影の著・訳書は除外した。／【文庫】は本書初版刊行時の各社目録に掲載されているものに限った。

（作成・福島行一）

本書の各章のうち、Ⅰ、Ⅱ、Ⅲは、六興出版刊『屋根の花　大佛次郎随筆集』（一九八〇年）を、Ⅳは、朝日新聞社刊『水に書く　大佛次郎随筆全集1』（一九七三年）を底本とし、多少のふりがなを加え、明らかな誤植と思われる個所は正しましたが、原則として底本のままとしました。

講談社
文芸文庫

旅《たび》の誘《いざな》い　大佛次郎《おさらぎじろう》随筆集《ずいひつしゅう》

大佛次郎《おさらぎじろう》

二〇〇二年一〇月一〇日第一刷発行
二〇一二年 六 月一三日第七刷発行

発行者——鈴木章一
発行所——株式会社　講談社
東京都文京区音羽2・12・21　〒112-8001
電話　編集（03）5395・3513
販売（03）5395・5817
業務（03）5395・3615

デザイン——菊地信義
製版——株式会社ＫＰＳプロダクツ
印刷——株式会社ＫＰＳプロダクツ
製本——株式会社国宝社

定価はカバーに表示してあります。

ISBN4-06-198311-3

井伏鱒二	還暦の鯉	庄野潤三——人／松本武夫——年
井伏鱒二	厄除け詩集	河盛好蔵——人／松本武夫——年
井伏鱒二	夜ふけと梅の花｜山椒魚	秋山 駿——解／松本武夫——年
井伏鱒二	鞆ノ津茶会記	加藤典洋——解／寺横武夫——年
井伏鱒二	釣師・釣場	夢枕 獏——解／寺横武夫——年
色川武大	生家へ	平岡篤頼——解／著者——年
色川武大	狂人日記	佐伯一麦——解／著者——年
色川武大	小さな部屋｜明日泣く	内藤 誠——解／著者——年
岩阪恵子	木山さん、捷平さん	蜂飼 耳——解／著者——年
内田百閒	百閒随筆 Ⅱ 池内紀編	池内 紀——解／佐藤 聖——年
内田百閒	［ワイド版］百閒随筆 Ⅰ 池内紀編	池内 紀——解
宇野浩二	思い川｜枯木のある風景｜蔵の中	水上 勉——解／柳沢孝子——案
梅崎春生	桜島｜日の果て｜幻化	川村 湊——解／古林 尚——案
梅崎春生	ボロ家の春秋	菅野昭正——解／編集部——年
梅崎春生	狂い凧	戸塚麻子——解／編集部——年
梅崎春生	悪酒の時代 猫のことなど —梅崎春生随筆集—	外岡秀俊——解／編集部——年
江藤 淳	成熟と喪失 —"母"の崩壊—	上野千鶴子-解／平岡敏夫——案
江藤 淳	考えるよろこび	田中和生——解／武藤康史——年
江藤 淳	旅の話・犬の夢	富岡幸一郎-解／武藤康史——年
江藤 淳	海舟余波 わが読史余滴	武藤康史——解／武藤康史——年
江藤 淳 蓮實重彥	オールド・ファッション 普通の会話	高橋源一郎-解
遠藤周作	青い小さな葡萄	上総英郎——解／古屋健三——案
遠藤周作	白い人｜黄色い人	若林 真——解／広石廉二——年
遠藤周作	遠藤周作短篇名作選	加藤宗哉——解／加藤宗哉——年
遠藤周作	『深い河』創作日記	加藤宗哉——解／加藤宗哉——年
遠藤周作	［ワイド版］哀歌	上総英郎——解／高山鉄男——案
大江健三郎	万延元年のフットボール	加藤典洋——解／古林 尚——案
大江健三郎	叫び声	新井敏記——解／井口時男——案
大江健三郎	みずから我が涙をぬぐいたまう日	渡辺広士——解／高田知波——案
大江健三郎	懐かしい年への手紙	小森陽一——解／黒古一夫——案
大江健三郎	静かな生活	伊丹十三——解／栗坪良樹——案
大江健三郎	僕が本当に若かった頃	井口時男——解／中島国彦——案
大江健三郎	新しい人よ眼ざめよ	リービ英雄-解／編集部——年

▶解=解説 案=作家案内 人=人と作品 年=年譜を示す。 2022年6月現在

講談社文芸文庫

大岡昇平—中原中也	粟津則雄—解／佐々木幹郎-案
大岡昇平—花影	小谷野 敦—解／吉田凞生—年
大岡 信——私の万葉集一	東 直子——解
大岡 信——私の万葉集二	丸谷才一—解
大岡 信——私の万葉集三	嵐山光三郎-解
大岡 信——私の万葉集四	正岡子規—附
大岡 信——私の万葉集五	高橋順子—解
大岡 信——現代詩試論｜詩人の設計図	三浦雅士—解
大澤真幸—〈自由〉の条件	
大澤真幸—〈世界史〉の哲学 1　古代篇	山本貴光—解
大原富枝—婉という女｜正妻	高橋英夫—解／福江泰太—年
岡田 睦——明日なき身	富岡幸一郎-解／編集部——年
岡本かの子-食魔 岡本かの子食文学傑作選 大久保喬樹編	大久保喬樹-解／小松邦宏—年
岡本太郎—原色の呪文 現代の芸術精神	安藤礼二—解／岡本太郎記念館-年
小川国夫—アポロンの島	森川達也—解／山本恵一郎-年
小川国夫—試みの岸	長谷川郁夫-解／山本恵一郎-年
奥泉 光——石の来歴｜浪漫的な行軍の記録	前田 塁——解／著者———年
奥泉 光 群像編集部 編-戦後文学を読む	
大佛次郎—旅の誘い 大佛次郎随筆集	福島行一—解／福島行一—年
織田作之助-夫婦善哉	種村季弘—解／矢島道弘—年
織田作之助-世相｜競馬	稲垣眞美—解／矢島道弘—年
小田 実——オモニ太平記	金 石範——解／編集部——年
小沼 丹——懐中時計	秋山 駿——解／中村 明——案
小沼 丹——小さな手袋	中村 明——人／中村 明——年
小沼 丹——村のエトランジェ	長谷川郁夫-解／中村 明——年
小沼 丹——珈琲挽き	清水良典—解／中村 明——年
小沼 丹——木菟燈籠	堀江敏幸—解／中村 明——年
小沼 丹——藁屋根	佐々木 敦—解／中村 明——年
折口信夫—折口信夫文芸論集 安藤礼二編	安藤礼二—解／著者———年
折口信夫—折口信夫天皇論集 安藤礼二編	安藤礼二—解
折口信夫—折口信夫芸能論集 安藤礼二編	安藤礼二—解
折口信夫—折口信夫対話集 安藤礼二編	安藤礼二—解／著者———年
加賀乙彦—帰らざる夏	リービ英雄-解／金子昌夫—案

葛西善蔵	哀しき父｜椎の若葉	水上 勉―解／鎌田 慧―案
葛西善蔵	贋物｜父の葬式	鎌田 慧―解
加藤典洋	アメリカの影	田中和生―解／著者―年
加藤典洋	戦後的思考	東 浩紀―解／著者―年
加藤典洋	完本 太宰と井伏 ふたつの戦後	與那覇 潤―解／著者―年
加藤典洋	テクストから遠く離れて	高橋源一郎―解／著者・編集部―年
加藤典洋	村上春樹の世界	マイケル・エメリック―解
金井美恵子	愛の生活｜森のメリュジーヌ	芳川泰久―解／武藤康史―年
金井美恵子	ピクニック、その他の短篇	堀江敏幸―解／武藤康史―年
金井美恵子	砂の粒｜孤独な場所で 金井美恵子自選短篇集	磯﨑憲一郎―解／前田晃―年
金井美恵子	恋人たち｜降誕祭の夜 金井美恵子自選短篇集	中原昌也―解／前田晃―年
金井美恵子	エオンタ｜自然の子供 金井美恵子自選短篇集	野田康文―解／前田晃―年
金子光晴	絶望の精神史	伊藤信吉―人／中島可一郎―年
金子光晴	詩集「三人」	原 満三寿―解／編集部―年
鏑木清方	紫陽花舎随筆 山田肇選	鏑木清方記念美術館―年
嘉村礒多	業苦｜崖の下	秋山 駿―解／太田静―年
柄谷行人	意味という病	絓 秀実―解／曾根博義―案
柄谷行人	畏怖する人間	井口時男―解／三浦雅士―案
柄谷行人編	近代日本の批評 Ⅰ 昭和篇上	
柄谷行人編	近代日本の批評 Ⅱ 昭和篇下	
柄谷行人編	近代日本の批評 Ⅲ 明治・大正篇	
柄谷行人	坂口安吾と中上健次	井口時男―解／関井光男―年
柄谷行人	日本近代文学の起源 原本	関井光男―年
柄谷行人 中上健次	柄谷行人中上健次全対話	高澤秀次―解
柄谷行人	反文学論	池田雄―解／関井光男―年
柄谷行人 蓮實重彥	柄谷行人蓮實重彥全対話	
柄谷行人	柄谷行人インタヴューズ1977-2001	
柄谷行人	柄谷行人インタヴューズ2002-2013	丸川哲史―解／関井光男―年
柄谷行人	[ワイド版]意味という病	絓 秀実―解／曾根博義―案
柄谷行人	内省と遡行	
柄谷行人 浅田彰	柄谷行人浅田彰全対話	